碧血黃金系列

鐵劍流星

上 浪子

于東樓

武俠經典珍藏版 3

目錄

前曲……5
第一回 獵狐……13
第二回 名捕……63
第三回 冷暖江湖……97
第四回 狐朋狗黨……153
第五回 神機妙算……199
第六回 無纓槍……245
第七回 惜玉憐香……279

前曲

冷風如刀。

刀，就掛在他的馬鞍上。

馬走得很慢，刀鞘輕敲著馬鞍，發著「叮叮噹噹」的聲響，彷彿正在為他慶幸，慶幸他能夠平安脫險。

任何人能夠逃出「飛龍閣」的追殺，都是件值得慶幸的事，更何況他還賺了一匹駿馬、一柄上好的鋼刀。

所以他很興奮，雖然經過了一天兩夜的苦戰，卻連一點倦態都沒有。他決定到了下個鎮集，就將馬匹和鋼刀賣掉，至少也可以賣個百十兩銀子，他要用這筆錢好好享樂一番，先找間客棧舒舒服服的洗個熱水澡，然後再找個女人，找個比小翠花更美的女人。

一想到小翠花，他就不禁嘆了口氣。那女人實在太美了，從上到下幾乎沒有一個地方不美，只可惜她是「飛龍閣」杜老大的女人，別人連看都不敢多看她一眼，而他卻糊裡糊塗的上了她的床。

幸虧他膽子並不太大，逃命的本事也高人一等，當他發覺事情真相之後，連腳都沒敢沾地，直接便從床上撲向後窗，總算沒有被杜老大派出的殺手堵住。

現在，他已遠離「飛龍閣」的勢力範圍，那些殺手非死即傷，對他早就不構成威脅。

唯一讓他擔心的是那女人會不會為他害相思病，因為他一向自認為是個很不錯的男人，一般女人對他的興趣都濃厚得很，尤其像小翠花那種寂寞的女人。

但他發誓，只要杜老大一天不死，他就絕對不會再踏入「飛龍閣」的地盤。他並不是不敢，而是不願意再作無謂的冒險。他認為像他這樣聰明、這樣能幹的人，應該做些有益武林的大事，不能永遠為女人和一些小錢而浪費自己的生命。

他愈想愈有道理，於是抖韁催馬，只希望早一刻趕到下面的鎮集，好好輕鬆一下，等疲勞完全消除以後，再作下一步的打算。

就在這時，坐騎忽然發出一聲驚嘶，前蹄也陡然騰起。他想也沒想，「鏘」的一聲，鋼刀出鞘，人也閃電般隱入路旁的樹林。

北風呼嘯而過，山路上冷冷清清，只有路中間躺著一個人，一個胸部已被一柄利劍貫穿的死人。

他環顧四周良久，才小心翼翼的走過去。

那人血液尚未完全凝固，看上去像剛剛斷氣不久，左臂上一對金環正在夕陽下閃閃發光，右手緊握著一個染滿鮮血的小包，雙目直直的凝視著那個小包，一副死也不肯放手的模樣。

小包裡究竟是什麼東西值得那人如此重視？

他用力掰開那人的手指，剛想打開小包看個明白，樹林裡突然有個微弱的聲音在呼喚：「年輕人，請把那個小包遞給我！」

他不禁嚇了一跳，急忙橫刀轉身，只見樹下一個老人正在向他招手。老人滿身血跡，面色蒼白，顯然已經身負重傷。

他是個心腸很軟的人，對一個負傷老人的請求當然不會回絕，於是大步走上去，很快的把那個小包雙手托到老人面前。

那老人看著那個小包，原本蒼白的臉上突然泛起紅暈，眼睛裡也有了神采，忽然凝視著他道：「你可以幫我做一件事嗎？」

他不假思索道：「當然可以。什麼事？請說！」

那老人道：「請你儘快把這個小包交給我的人，我知道這件事很危險，可是除了你之外，我再也沒有別人可託了！」

他低下頭，他在考慮，因為他對「危險」這兩個字一向都很敏感。

但最後他還是忍不住道：「好，我答應你，不過你總得先告訴我，你是誰？你的人又是誰？」

那老人仰天長嘆道：「我……就是關正卿！」

剎那間，他的人整個楞住了，只因為關正卿不但是武林中人人崇敬的大俠，也是當今江湖上最大幫派「日月會」的首腦人物之一。

他不禁肅然起敬道：「原來是關大俠，真是失敬得很！這件事你放心，一切包在我身上。我胡歡就是拚著一死，也要把這件東西交到日月會手上。」

關正卿眉頭忽然皺了一下，道：「你說……你叫什麼？」

胡歡挺起胸膛，道：「胡歡，古月胡，歡天喜地的歡！」

關正卿沉默了，過了很久，才淡淡道：「原來你就是『浪子』胡歡！」

胡歡大喜道：「想不到關大俠居然也知道在下的姓名，當真是榮幸之至。」

誰知他的話還沒有說完，關正卿猛然撲了過來，雙手牢牢的把他那隻拿著小包的手腕扣住，人也慢慢地倒了下去，雙手卻死也不肯放鬆。

胡歡又楞住了。

關正卿的雙手愈來愈冷，身體愈來愈僵直，臉孔比原來更蒼白，一雙無神的眼睛瞪視著蒼穹，目光中充滿了怨恨，彷彿至死還怨恨著老天對自己的不公，怨恨著自己臨終之前的「所託非人」。

胡歡終於漸漸明白是怎麼回事了，他的心忽然開始發冷，眼眶卻開始發熱。

夕陽西沉，山風更厲，遍地枯葉片刻間已將關正卿的屍體掩埋起來，只剩下一雙蒼白的手依舊留在外面，依舊牢牢地扣在胡歡的手腕上。

胡歡突然感到一陣從未有過的悲傷，胸中一陣刺痛，眼淚一顆顆的淌下來。

他一直認為他的人並不算壞，他輕財而重義，心地善良又富有同情心，從來沒做過傷天害理的事，縱然有時為了生活而走走黑路，那又跟這些大俠有什麼關係？關正卿為什麼這樣不相信他？為什麼臨死都不能相信他一次？

為什麼？

他氣憤地掰開那雙刺痛他的手，將染滿鮮血的小包往懷裡一揣，瘋狂般奔出樹林，飛身上馬，箭一般的衝了出去，轉眼便消失在蒼茫的暮色中。

第一回 獵狐

一

崇陽是個很小的縣城，但在江湖上卻赫赫有名，因為神刀侯府就在這個小城裡。

神刀侯在武林中絕對是個舉足輕重的人物，他的事業遍及大江南北，門下人才濟濟。據說只要有人的地方就有他的耳目，所以他的消息比任何人都要靈通。關大俠遇害的消息，在當夜二更左右就已傳進了侯府。

侯府總管金玉堂立刻趕到議事廳待命。

廳中燈火通明，爐火也已燃起。案上一鐔陳年女兒紅剛剛啟封不久，酒氣瀰漫，滿室芳香。

酒鐔旁邊擺著兩只精緻的酒杯，杯中均已注滿了酒，金玉堂卻碰也沒碰一下，只垂手肅立案旁，靜靜等待著神刀侯的駕臨。

足足等了半個更次，神刀侯才在四名年輕的弟子扶持下慢慢走進來，身子尚未坐定，酒杯已撈在手裡，脖子一仰，杯中酒一飲而盡。

同來的年輕弟子立刻又替他將酒斟滿。

神刀侯滿臉淒容，長嘆一聲道：「想不到關正卿英雄一生，最後竟然落得如此下場！」

他一面說著，一面搖頭，好像對關正卿的遇害感到十分悲痛。

金玉堂也不由嘆了口氣，道：「真是讓人意想不到的事。」

那四名年輕弟子個個垂下頭，彷佛都在向已死的關大俠致哀。

過了很久，金玉堂才揮揮手。那四名弟子立刻躬身退下去，小心地把廳門帶上。

神刀侯臉上淒容立刻一掃而光，目光炯炯的望著金玉堂，低聲問道：「那件東西在誰手上？有沒有弄清楚？」

金玉堂答道：「回侯爺的話，已經確定是落在一個姓胡的手裡。」

神刀侯道：「胡什麼？哪個門派的？」

金玉堂道：「江湖上都叫他『浪子』胡歡，據說只是關洛道上的一個小人物。」

神刀侯冷笑道：「現在，他已經是大人物了。」

金玉堂笑笑道：「侯爺說得對極了，現在正有二十幾個幫派的人在守護著他，唯恐他出了差錯。」

神刀侯眉頭微微一皺，道：「我們的人呢？」

金玉堂道：「『鐵戟』楊奎的手下早就把他盯牢了，只等侯爺命令一到，他們馬上動手捉人。」

神刀侯搖首道：「楊奎勇猛有餘，機智不足，難當大任。再派幾個兄弟去打個接應！」

金玉堂道：「不勞侯爺費心。大半個時辰之前，蕭家兄弟就已趕去，明天午時前後，就可以跟楊奎會合了。」

神刀侯滿意的點點頭，道：「好，很好。但願那個姓胡的能夠撐到明天午時。」

金玉堂自信滿滿道：「只要明天午時他還活著，那件東西就是咱們侯府的囊中之物了。」

說著，兩人同時舉杯，兩張臉上同時展露出得意的微笑。

二

午時將盡。

曹家酒店依然擠滿了客人。

樓下的十幾張桌子坐的盡是佩刀帶劍的武林人物，每個人都在悶聲喝酒，每雙眼睛卻都在窺伺著樓上的一舉一動，整個店堂裡充滿了緊張氣氛。

樓上宴客用的大廳，一早就整個被人包了去。那位客人不知是幹什麼的，神通卻極廣大，鎮上的坤伶名妓幾乎全都被他請到，一直不停的添酒加菜，嬉笑之聲不絕於耳，場面顯得非常熱鬧。

曹老闆是個老江湖，一看情況，就知道今天非出毛病不可，緊張得冷汗直淌。

跑堂的伙計們也早已累得滿頭大汗，只有年紀最小的一名小伙計體力最好，樓上樓下的跑了兩三個時辰，精神仍然好得很。

現在他又端起托盤，準備上樓送酒，誰知剛一轉身，整個人就楞住了。

店堂裡所有的人也全都楞住了，每雙眼睛都從樓上轉回來，直直地瞪著店門口。

也不知什麼時候開始，店門口多了一個女人，一個十分出色的女人。

那女人手上緊抱著一個花布包袱，頭上還插了一朵小紅花，看上去好像一個剛剛過門的新娘子，雖然一副村姑打扮，卻顯得格外清麗脫俗，比樓上那些濃妝艷抹的女客更加動人。

小伙計連自己在幹什麼都忘了，竟端著擺滿酒壺的托盤跑向前去，笑嘻嘻地道：「姑娘是打尖，還是找人？」

那女人俏生生道：「喝酒。」

答得乾乾脆脆，聲音也好聽得不得了。

小伙計一失神，托盤差點翻在地上。

曹老闆急忙趕過來，滿臉陪笑道：「實在對不起，小店已經客滿了，請姑娘多走幾步路，到別家去看看吧！」

那女人臉上立刻流露出一片失望的神色，萬般無奈的呆望著滿堂賓客，那副表情，任何男人看了都無法忍心不管。

果然有位客人已忍不住道：「隨便讓她在哪一桌擠擠算了，大冷的天，何必叫人家跑來跑去！」

曹老闆正在為難，最靠外首有個年輕人已站起，笑瞇瞇道：「如果姑娘不嫌棄，就在我們這桌擠一擠吧！」

那女人悄悄地在年輕人臉上瞄了一眼，即刻垂下頭，輕輕道了聲：「謝謝。」

那年輕人高興得眼睛只剩下一條縫，同桌的人也個個興高采烈，有的收桌子，有的擦凳子，歡天喜地的請那女人坐下。

旁邊的人也都圍上來，個個饞涎欲滴，一副色中餓鬼的模樣。

曹老闆卻神色凝重的走回櫃臺。他自己也搞不清今天為什麼總是疑神疑鬼，連這麼可愛的女人，他都覺得有點不大對勁兒。

那年輕人色瞇瞇地盯著那女人，輕聲細語道：「想吃什麼，只管叫，今天我請客。」

那女人又道了聲：「謝謝。」那個花布包袱卻緊緊地擋住胸前，好像生怕那些人對她有非禮的舉動。

這時那小伙計已然趕回，從人縫裡笑嘻嘻問道：「姑娘想吃什麼？」

那女人想了半晌，才道：「先替我來壺冷酒！」

那年輕人愣然道：「冷酒？大冷的天，為什麼喝冷酒？」

旁邊已有人接道：「說不定是姑娘肚子裡太熱，想拿冷酒消消火！」

說完，立刻引起一陣爆笑。

小伙計拚命往裡擠了擠，又道：「姑娘還要什麼？」

那女人道：「順便再替我帶塊磨刀石來。」

小伙計目瞪口呆道：「磨……磨刀石？」

那女人點頭道：「對，就是磨刀的石頭。」

小伙計又楞住了。

旁邊的人也全都楞住了，每個人都斜著眼睛瞧著她，誰也搞不懂她葫蘆裡賣的什麼藥。

小伙計楞頭楞腦的走進去，過了一會，果然提著壺冷酒、捧著塊磨刀石走出來，一聲不響地擺在那女人面前。

那女人將冷酒灑在磨刀石上，這才解開那個花布包袱，從一件紅花棉襖底下取出一柄全長不滿兩尺的紅鞘短刀。

短刀出鞘，寒光四射，旁邊的人個個臉色大變。

那女人一副旁若無人的模樣，竟在眾人面前磨起刀來。

整個店堂頓時靜了下來，樓上的嬉笑聲也已停住，只有霍霍的磨刀聲。

過了很久，磨刀聲才戛然而止。那女人突然伸手從那年輕人頭上抓一綹頭髮，輕輕放在刀刃上，頭髮迎刃而斷。

那年輕人早已嚇得面無人色，只呆呆地瞪著那女人。

那女人拿刀在他面前晃了晃，道：「你看這把刀夠不夠快？」

那年輕人這時才如夢乍醒，連人帶凳子同時翻倒，指著那女人失聲喊道：「玉……玉流星！」

喊聲一出，滿堂騷動，每個人都亮出了兵刃。

玉流星業已出手，桌上的筷子已飛快地被她充當甩手箭甩了出去，碗盤也都變成了暗器，那柄短刀更是銳不可當，但見刀光閃閃，碗盤紛飛，剎那間已連傷數人。

店堂裡早已亂成一片，有的穿窗而出，有的奪門而逃，有些負傷的，更是連滾帶爬的衝出店外，轉眼工夫所有的人全都跑光，連曹老闆和伙計們也都已蹤影不見。

玉流星環目四顧，還刀入鞘，將短刀往背上一繫，這才昂然抬首，目光如刀一般往上望去。

胡歡正斜坐在樓上的欄杆上，俯視著威風凜凜的玉流星。

這兩年他聽到很多有關玉流星的傳說，但卻從沒想到她竟是這樣一個女人。

他忍不住大聲道：「伙計，替我送杯酒給那位姑娘，我得好好的敬她一杯！」

那小伙計立刻從廚房裡跑出來，手上端著托盤，托盤上是一杯酒，滿滿的一杯酒。

玉流星嘴角忽然掠起一抹冷笑，酒杯剛一入手，人已騰身而起，凌空美妙的翻了個身，正好坐在距離胡歡不遠的欄杆上，坐姿跟胡歡完全一樣，只是胡歡的腿在裡邊，她的腿卻在外面。

她雙腳不停的在欄杆外晃動，手上的酒卻一滴都沒有灑出來。

胡歡不禁讚嘆道：「江湖上都說玉流星的輕功、暗器妙絕武林，今日一見，方知傳聞不假。」

玉流星回首朝那幾個花枝招展的女人瞟了一眼，淡淡的道：「你浪子胡歡好像也名不虛傳。」

那幾個女人好像對玉流星十分畏懼，一個個低頭走下樓去，不但沒有招呼一聲，連看都沒敢回頭看一眼。

直等到那幾個女人走出店門，玉流星才含笑舉杯，一飲而盡，隨手將酒杯「呼」地一聲甩了出去。

酒杯在空中劃了個弧形，飄飄擺擺的落在方才給她送酒的托盤上。

托盤正擺在樓下的櫃臺上，站在一旁的小伙計嚇得差點栽倒，連見多識廣的曹老闆好像也已吃驚得合不攏嘴巴。

整天在江湖上打滾的胡歡，當然不會被她唬住。他只覺得有點不明白，年紀輕輕的玉流星，她這身功夫是怎麼練出來的？

讚佩之餘，他也含笑將杯中酒一飲而盡，然後也隨手將酒杯扔出。他本想把杯子扔到距離最近的一張桌子上，只可惜那只杯子實在太不爭氣，竟然滾落在地上，摔了個粉碎。

玉流星傲然一笑，道：「現在我們可以談談生意了。」
胡歡莫名其妙道：「談什麼生意？」
玉流星道：「當然是你懷裡的那件東西。」
胡歡眉頭立刻皺起來。
玉流星道：「二一添作五，如何？」
胡歡道：「什麼二一添作五？」
玉流星道：「你一半，我一半。」
胡歡搖頭，走到臨窗的座位上斟酒。
玉流星跨著欄杆，從背後打量胡歡良久，突然道：「我看你這個人還不錯，好吧！我就吃點虧，四六拆帳，怎麼樣？」
胡歡依然搖頭。
玉流星俏臉一沉，冷冷道：「姓胡的，你不要敬酒不吃吃罰酒！你也不想想，那批東西，憑你一個吞得下去嗎？」
胡歡也沉下臉，道：「妳認為兩個人就能吞得下去？」
玉流星道：「總比一個人安穩得多。」

胡歡連連搖頭道：「玉流星，妳太沒有自知之明了，方才那些人不過是江湖上的小角色，說不定只是人家的眼線，倘若來的是正主，嘿嘿……」

玉流星眼睛一瞪，道：「來的是正主又怎麼樣？」

胡歡冷笑道：「只怕妳玉流星早就挾著尾巴跑了，跑得比那些人還快。」

玉流星聽了不但沒生氣，反而笑盈盈的走上來，嗲聲嗲氣道：「你仔細瞧瞧，看我是不是真的有尾巴？」

胡歡坐在凳子上，舒舒服服的伸直雙腿，招手道：「來，讓我仔細地看看！」

玉流星急忙止步，冷冷道：「姓胡的，你也未免太藐視我玉流星了。沒有三分三，不敢上梁山，沒有幾成把握，我就不會來蹚這場渾水！」

胡歡笑笑道：「把握？幾成？一成，還是兩成？」

玉流星道：「廢話少說！肯不肯，一句話！」

胡歡道：「我要是不肯呢？」

玉流星道：「最好你不要逼人太甚。」

胡歡嘆了口氣，道：「瞧妳年紀輕輕的，人長得又漂亮，何苦跟自己過不去？為了一些身外之物而送命，划得來嗎？」
玉流星沉默，死盯著胡歡良久，猛一跺腳道：「好吧！他媽的就算我上輩子欠你的。三七！你拿七成，我只拿三成，總可以了吧？」
胡歡不禁又嘆了口氣，道：「我倒是很想答應妳，只可惜就算我答應了，恐怕也有人不答應。」
玉流星道：「誰敢不答應？」
遠處忽然有個人道：「我！」
另外又有人接道：「我們！」
聲音還在樓下，玉流星已變色。
胡歡聳肩攤手，作無可奈何狀。
玉流星楞了好一會兒，突然往前湊了湊，輕聲道：「這兩個點子後臺太硬，我惹不起，看樣子我得先走一步了。」
胡歡也輕聲道：「方才我沒說錯吧？」說著，還伸頭朝她身後看了一眼。
玉流星臉孔一紅，指指窗口道：「能不能借個路？」
胡歡作肅容狀，道：「請。」

玉流星道：「三七，可別忘了！」

說話間，人已穿窗而出，不但用嘴啣走了一個饅頭，同時雙腳也將桌上僅餘的大半壺酒挾走。店堂裡又沉寂下來。

曹老闆和小伙計早已不見，只有店堂中間站著兩個相貌完全相同的人。兩人不僅同樣的身型、同樣的打扮，而且也同樣都是鬢髮灰白的中年人，唯一的差別是一個左手持劍，一個右手持劍。

寒風透過破碎的窗紙，穿堂而過，兩人灰髮飄飛，人卻動也不動。

胡歡站在樓上，遠遠朝兩人舉杯，慢慢將最後的一杯酒喝光。

左手持劍的人終於開口道：「閣下是不是姓胡？」

右手持劍的人立刻接道：「是不是浪子胡歡？」

胡歡嘆道：「兩位的運氣真不錯，在下剛好姓胡，單名也剛好是個歡字，看樣子，兩位是找對人了。」

左手持劍的人道：「在下蕭風。」

右手持劍的人道：「在下蕭雨。」

胡歡拱手道：「『風雨雙龍劍』蕭氏雙俠的大名，在下是久仰了。」

蕭風道：「閣下的大名，我兄弟也久仰得很。」

蕭雨勉強接著：「嗯，久仰得很。」

胡歡苦笑，笑得也很勉強。

蕭風道：「我兄弟是奉命而來，專程恭請閣下到侯府做客，希望閣下能賞光。」

蕭雨道：「臨來的時候，金總管一再交代，非將閣下請回去不可，希望閣下千萬莫辜負了他的盛意。」

胡歡道：「不瞞兩位說，在下平生最喜歡的就是做客，因為做客一向都比請客划算得多。」

他忽然嘆了口氣，接道：「只可惜在下這幾天太忙，實在抽不出時間。請兩位先回去上覆侯爺及金總管，就說等在下將手邊的事情處理完畢後，即刻趕到貴府登門求教，不知兩位意下如何？」

蕭風冷笑不語。

蕭雨冷笑不語。

胡歡道：「既然兩位都不反對，想必是都已同意在下的請求，那麼在下可要告退了。」

「鏘」的一聲，雙劍同時出鞘。

胡歡立刻反手抓刀，卻抓了個空，他這才想起鋼刀和馬匹都已被他賣光，手上除了一只酒杯之外，已一無所有。

面對著名震武林的「風雨雙龍劍」，不禁慨然長嘆一聲，道：「聽說兩位雙劍聯手，比武當的兩儀劍法更具威力，不知是真是假？」

蕭風、蕭雨同時傲然一笑。

胡歡感嘆道：「如今江湖上能夠抵擋兩位聯手攻擊的人，為數已經不多，能夠勝過兩位的更是屈指可數。看到兩位前輩過人的風采，不禁讓人想起了當年笑傲江湖的『鐵劍追魂』胡大俠。」

蕭風、蕭雨相顧變色，四隻眼睛同時冷冷地盯著他。

胡歡卻若無其事道：「據說當年兩位跟胡大俠打賭，曾在追魂十八劍下硬撐了三十招，逼得胡大俠不得不服輸放人。直到現在，江湖上對兩位當年的神勇事跡，仍然讚佩不已。」

蕭風、蕭雨聽得同時楞住。

只因當年兩人不僅敗在胡大俠劍下，而且敗得極不光彩，想不到胡歡輕描淡寫的幾句話，竟將兩人平生最大的恥辱變成了一件非常光榮的事，雖然明知是假，但聽起來還是十分過癮，於是兩人的神色也自然緩和了不少。

胡歡這才繼續道：「在下也很想附庸風雅，東施效顰一番，不知兩位還有沒有興趣再賭一次？」

蕭風道：「閣下想賭什麼？」

蕭雨道：「怎麼個賭法？」

胡歡道：「我們也不妨以三十招為限。如果三十招之內，在下敗在兩位雙劍之下，立刻乖乖跟隨兩位趕回崇陽侯府覆命。」

蕭風想了想，道：「好。」

蕭雨想了想，道：「很好。」

胡歡道：「如果在下僥倖也能夠撐滿三十招呢？」

蕭風道：「我兄弟回頭就走。」

蕭雨道：「絕不跟你嚕嗦。」

胡歡也不嚕嗦，抖手將空杯打了出去。

空杯擊中大樑，砸了個粉碎，碎片紛紛落下，蕭風、蕭雨急忙閃避。

胡歡趁著兩人分神之際，已從樓上一躍而下，腳方沾地，手裡已多了一把刀，一把那些逃命的人所遺留下來的刀。

蕭風冷哼一聲，道：「閣下的花樣還真不少！」

蕭雨冷哼一聲，道：「但不知功夫怎麼樣！」

胡歡道：「試一試便知分曉。」

說著，人已撲出，一刀直向蕭風的腦袋劈去。

蕭風輕鬆閃過，側身回劍，蕭雨的劍鋒也同時刺到。

胡歡躲開前面一劍，後面的劍卻險些頂到屁股上，他拚命往前一撲，慌忙從一張桌子底下竄過去，才算被他逃過一劫。

蕭風笑笑道：「這是第一招。」

蕭雨笑笑道：「還有二十九招。」

胡歡一聲不響，越過桌面，又是一刀劈出，目標又是蕭風的腦袋。

蕭風閃身反擊，胡歡的刀又已攔腰削到，同時左腳一勾，一條長凳陡然豎起，只聽「叮」的一響，蕭雨的劍正好刺在凳子上，蕭風的劍招也硬被他虎虎生風的鋼刀給逼了回去。
胡歡喘了口氣，反手抖了個刀花，鋼刀連環劈出，雙腳也連連運用桌凳，儘量阻止蕭家弟兄的雙劍聯手。
但見刀光閃閃，滿堂桌凳都在挪動，一時之間，蕭家弟兄也很難奈何他。
轉眼又是十幾招過去，胡歡鋼刀舞動，腳下卻忽然落空，他這才發覺桌凳都已被人堆積到牆邊。
就在這時，蕭風的劍已刺到，蕭雨的劍也尾隨而至。
胡歡別無選擇，只好一個「懶驢打滾」，接連又衝出好幾步，才勉強脫出兩道森冷劍鋒的夾攻。
蕭風、蕭雨也不追擊，只抱劍望著他，兩張臉上同時展露出輕蔑的冷笑。
胡歡驚魂乍定，氣喘喘道：「好像差不多了吧？」
蕭風冷笑道：「還早得很，才不過二十三招。」
蕭雨冷笑道：「還有七招，難過的七招。」
胡歡連連透了幾口氣，手腳活動一番，又來來回回地走了幾遍，陡然騰身躍起，凌空翻了個觔斗，又是一刀直向蕭風的腦袋劈去。

蕭風對他這招早已習慣，依樣畫葫蘆的又已輕鬆避過刀鋒，剛想回劍，卻突然覺得耳後生寒。他對敵經驗老到，毫不思索的就已翻了出去，再慢一點，縱然腦袋不丟，恐怕耳朵也難保住。

只可惜他翻出去的身子正好擋住蕭雨的劍路，逼得蕭雨只得匆忙收劍，踉蹌倒退不迭。雖然兩人很快就已站定，但那副狼狽模樣也極不雅觀。

胡歡也不追擊，只在一旁抱刀觀賞。

蕭風跟隨神刀侯多年，熟知各家刀法，卻從來沒有見過這種招式，不禁愕然問道：「你這是哪一家的刀法？」

蕭雨立刻接道：「這招刀法叫什麼名字？」

胡歡翻著眼睛想了半晌，突然道：「這招刀法就叫做一石打落兩隻鳥，一個翻來一個倒，大鳥摔得吱吱叫，二鳥臉都嚇白了。」說完，已忍不住哈哈大笑。

蕭風、蕭雨面色的確有點發白，卻不是嚇的，而是被他氣的。

兩人只相互看了一眼，突然雙劍齊出，劍風勁急，分向胡歡刺來。

胡歡刀勢竟也一變，原來虎虎生風的刀法，忽然變得極其細膩，穿躍在兩劍之間，刀出無風，狡詐異常。

「風雨雙龍劍」在武林中享名多年，不但劍招凌厲狠毒，應變也迅捷無比，而且蕭家兄弟一向心意相通，攻守相濟，武功再高的人，跟他們對敵之際也很難全力施為，而現在難以施為的卻變成了他們自己，胡歡的刀法雖然雜亂無章，卻有許多奇招怪式，剛好將兩人心手相聯的劍招分化掉。

刀光劍影中，蕭風、蕭雨忽然同時躍出丈餘，分站胡歡左右，吃驚地瞪著他。

胡歡算了算，道：「已經打了二十九招，只剩下一招，兩位為什麼突然收手？」

蕭風突然道：「閣下使用的不是刀法。」

蕭雨接道：「是劍法。」

胡歡哈哈大笑道：「幸虧這把刀並不太長，如果再長幾寸，只怕兩位一定會懷疑在下使的是槍法。」

蕭風、蕭雨同時冷哼一聲，雙劍又已刺出，森冷的劍鋒，疾如閃電般分向胡歡胸背刺到。

胡歡突然躍身直上，回刀撥開蕭風一劍，竟從蕭雨脅下鑽過，和身撲倒在地，左手猛的在地上一撐，竟已擦地平飛而出，腰身一挺，已站在兩丈開外。

蕭家弟兄也快速無比，胡歡身形剛一站穩，蕭風的劍已抵住他的咽喉，蕭雨的劍已頂在他腰上。

胡歡卻含笑拱手道：「承讓。」說完，縮頭挺腰，小心翼翼的從雙劍縫隙閃出，鋼刀隨手一丟，轉身就想出門。

突然，有一名大漢衝入店門，橫鉤阻住胡歡的去路。

胡歡蹙眉回首，斜視著蕭家兄弟。

蕭風即刻收劍，揮手喝道：「讓開！」

蕭雨也還劍入鞘道：「放他走！」

那名大漢急道：「就這麼放了他，咱們回去怎麼向總管交代？」

蕭風沉聲道：「總管那邊的事，自有我兄弟承當。」

蕭雨緊接道：「就算殺頭，也還輪不到你『鐵鉤』楊奎。」

揚奎只得收鉤，心不甘、情不願的將身子讓開。

胡歡這才昂首闊步而出，店裡那名小伙計也不知從哪裡竄出來，手裡拎著個花布包袱，匆匆忙忙的追了出去。

三

時近子夜。

侯府大廳裡的爐火比燈火還亮。落地長門扇扇緊閉，寒風在門外怒吼，大廳裡卻一絲不聞。

神刀侯靠在寬大的太師椅上，面對著風塵僕僕的蕭家兄弟，久久不發一語。

蕭風、蕭雨拘謹的坐在對面的椅子上，滿面羞愧的垂著頭，好像正在等待著神刀侯的責怪。

可是神刀侯卻忽然淡淡道：「你們也不必難過，怪只怪我們的消息不夠準確，連金玉堂都認為他只不過是個關洛道上的小人物，更何況你們！」

蕭風、蕭雨終於鬆了口氣。

神刀侯忽又嘆了口氣，道：「一個能在風雨雙龍劍下獨擋三十招的人，竟說是個小人物，江湖上的傳聞也未免太離譜了。」

蕭風突抬頭道：「屬下認為那姓胡的形跡十分可疑，我們應該仔細查查他的來歷。」

蕭雨接道：「說不定會有意想不到的發現。」

神刀侯靜靜的聽著，只把目光轉到蕭風臉上。

蕭風立刻道：「屬下懷疑他極可能跟胡大俠有點關係。」

蕭雨道：「『鐵劍追魂』胡景松胡大俠。」

神刀侯動容道：「可是胡大俠遇害已近二十年，從沒有聽說他還有後人留在世上！」

蕭風道：「但屬下總覺得他的武功招式中有胡家鐵劍的影子。」

蕭雨道：「而且其中有幾招，分明是從追魂十八劍裡變化出來的。」

神刀侯想了想，道：「好吧！改天你們把那幾招練給我看看，也順便讓我看看你們那套劍法有沒有進境，怎麼會被人糊裡糊塗地走了三十招。」

蕭風、蕭雨急忙稱謝。

就在這時，小婢秋兒捧著一杯茗茶走進來。

神刀侯剛想接茶，眉頭忽然微微一皺，又將手縮了回去。

蕭風、蕭雨已同時拔劍，目光緊盯著右上方的天窗。

小婢秋兒嬌喝了聲：「什麼人！」竟將杯蓋脫手打出，不僅反應奇快，勁道也十足。

一條黑影越窗而入，身在空中，眾人已認出竟是總管金玉堂。

蕭風、蕭雨急忙收劍，秋兒俏臉早已漲紅。

金玉堂飄然落地，滿身俱黑，只有手上抓著個雪白的東西，正是秋兒打出的杯蓋。

秋兒忙道：「小婢莽撞，請總管包涵。」

神刀侯卻道：「打得好！下次再碰到這種場面，用熱茶招呼他，千萬別客氣。」

秋兒釋然，將茶捧交神刀侯手上，含笑而退。

神刀侯接過杯蓋，在茶上撥了撥，喝了口茶，這才看了金玉堂一眼，道：「你在搞什麼鬼？放著大門不走，怎麼鑽起天窗來了？」

金玉堂笑道：「屬下是急著趕回來替兩位蕭兄請罪的。」

神刀侯道：「勝敗兵家常事，何罪之有？」說完，低頭喝茶，好像根本沒將兩人的過失放在心上。

金玉堂滿意地笑了笑，轉對蕭家弟兄道：「兩位一路辛苦，請回去休息吧！」

蕭風、蕭雨面含感激，躬身而退，剛剛走出幾步，忽然同時停步轉身。

蕭風道：「有件事情差點忘了向總管稟報。」

蕭雨道：「一件很重要的事。」

金玉堂道：「請說！」

蕭風道：「那姓胡的可能跟玉流星聯上手了。」

蕭雨道：「鐵定聯上手了，因為玉流星的包袱還在那姓胡的手上。」

金玉堂道：「我早就知道了，你們下去吧！」

蕭風、蕭雨轉身出門，步聲逐漸遠去。

神刀侯這才突然恨恨道：「這兩個糊塗蟲，誤了我整個大事！」

金玉堂笑笑道：「侯爺儘管放心，那小子跑不掉的。」

神刀侯道：「你說話可倒輕鬆，如果他真的跟玉流星聯上手，那就更難辦了。」

金玉堂卻忽然神秘兮兮道：「屬下剛剛才從縣衙的迎賓館回來。」

神刀侯愕然道：「你到迎賓館去幹什麼？」
金玉堂道：「這幾天林劍秋剛好住在那裡。」
神刀侯變色道：「玉堂，你可不能胡來！任何人都能沾，唯獨神衛營的人，咱們可千萬沾不得。」
金玉堂道：「屬下還不至於那麼糊塗。」
神刀侯道：「那麼你去找他幹什麼？」
金玉堂道：「屬下只不過悄悄在他床頭留了一張條子。」
神刀侯道：「留什麼條子？」
金玉堂道：「告訴他玉流星的下落。」
神刀侯道：「林劍秋跟玉流星有什麼關係？」
金玉堂道：「侯爺大概也知道，林劍秋這個人武功既高，人又精明，但他卻有個致命的弱點，就是好色如命。」
神刀侯道：「哦？」
金玉堂道：「兩年之前，大概是這傢伙走了背運，居然讓他碰上個頗具姿色的女煞星。」

神刀侯道：「玉流星？」

金玉堂道：「不錯。於是他千方百計，用盡各種手段，終於把玉流星給弄回家裡，誰知就在緊要關頭，玉流星卻出其不意的下了毒手。」說著，以手做刀狀，狠狠地往下體一比。

神刀侯怔了怔，突然縱聲大笑。

金玉堂也在一旁邊笑邊搖頭。

過了很久，笑聲才停止下來。

神刀侯喘了口氣，道：「這樣一來，他正好可以進宮去享享清福，何必再在江湖上奔波？」

金玉堂道：「屬下也是這麼想，可是林劍秋卻想不開，到處捉拿玉流星，非置她於死地不可。」

神刀侯道：「於是你就想以惡制惡？」

金玉堂道：「屬下正是這個意思。」

神刀侯道：「好，這樣一來，玉流星那兩條腿又有得跑了。」

金玉堂突然往前湊了湊，道：「至於浪子胡歡那件事，也請侯爺放心，他再能，也逃不出侯府的掌心。」

神刀侯道：「哦？你又做了什麼安排？」

金玉堂笑笑道：「那小子今晚住在馬寡婦客棧，據說他跟馬家的關係不錯，住得一定安心得很，他做夢也不會想到客棧裡有我們侯府的人。」

神刀侯道：「你想在客棧裡捉他？」

金玉堂道：「屬下只吩咐他們暗中施點手腳，把他用車拉回來。如果事情順利，明天午飯的時候，他已是侯爺的座上客了。」

神刀侯道：「希望這次不要再出差錯。」

就在這時，門外忽然傳來一聲輕咳。

金玉堂皺眉道：「什麼人？」

門外答道：「屬下陳平。」

金玉堂立刻道：「進來！」

話剛說完，一名短小精悍的人已挾風而入，風剛吹到，人也到了面前。他手上捧著個極小的紙卷道：「啟稟總管，這是剛剛接到的馬家寨傳書。」

金玉堂打開紙卷一看，面色不禁一變。

神刀侯道：「什麼事？」

金玉堂尷尬的笑了笑，道：「又被那小子溜掉了。」

神刀侯面色也不禁微微一變，道：「這件事你要多用點腦筋，時間拖得越久，對我們越不利。」

金玉堂道：「屬下知道。」

神刀侯搖頭、嘆氣。

金玉堂卻若無其事的打量著陳平，道：「你最近的腳程怎麼樣？」

陳平笑嘻嘻道：「總管有什麼差遣儘管吩咐，『快腿』陳平是跑出來的，不是吹出來的。」

金玉堂滿意的點點頭，道：「以你的腳程，趕到五龍會總舵要多久？」

陳平道：「最多一個時辰。」

金玉堂道：「好。替我傳令給彭老大，叫他盡快在馬家渡上下十里佈網，準備在水裡捉人。」

陳平道：「是。」

金玉堂又道：「順便替我放個風，就說林劍秋已到了馬家渡附近，叫玉流星趕緊開溜。」

話剛說完，陳平人已不見。

神刀侯斜瞟著金玉堂，道：「這樣行嗎？」

金玉堂自信滿滿道：「侯爺放心，這叫做甕中捉鱉，十拿九穩。」

神刀侯嘆了口氣，道：「但願如此。」

四

凌晨。

胡歡佇立江邊。

江邊寒風刺骨，江面冷霧瀰漫，沒有人跡，沒有船隻，只有叢叢蘆葦隨著寒風在水邊搖擺，景色十分蒼涼。

胡歡舉目四顧，神色間充滿了失望。

風漸靜止，蘆葦仍在不停地搖擺，一隻小舟從蘆葦叢中搖蕩而出。

胡歡大喜過望急忙奔趕過去。

搖舟的人已大聲喊道：「你怎麼現在才來！害我等了大半夜，凍死了！」

胡歡驚愕得閉不攏嘴，搖舟的竟然是玉流星！

小舟轉眼靠岸，玉流星已凍得面無血色，身體彷佛也在不停地顫抖。

胡歡不免有點憐惜，又有點奇怪，問道：「妳怎麼知道我會從這兒渡江？」

玉流星冷冷道：「如果連這點事都估不準，我憑什麼拿你三成？」

胡歡不講話了，他不但很佩服這個女人，也突然發覺這個女人很可愛，幾乎比小翠花還要可愛。

玉流星急形於色道：「快點上來！再遲恐怕就過不去了。」

胡歡莫名其妙道：「為什麼？」

玉流星道：「如果我所料不差，五龍會的人馬馬上就到。」

胡歡慌忙躍上小舟，舟身一陣搖晃，一個站腳不穩，整個撲在玉流星冰冷的身子上。

玉流星冷冷道：「三成，不包括這個。」

胡歡笑瞇瞇地道：「幾成才包括？」

玉流星冷冷地瞪著他道：「聽說你這個人並不太笨。」

胡歡道：「我的確不算太笨，有時候好像還聰明得很。」

玉流星道：「如果你真聰明，就最好離我遠一點，否則，總有一天你會後悔莫及。」

胡歡只想了一下，就馬上爬起來，遠遠的躲在船頭，那副神情，就好像剛剛被毒蛇咬了一口。

玉流星冷笑道：「所以我們最好有言在先，除了生意外，其他一概免談。」
胡歡忙道：「好，好。」
玉流星想了想，又道：「不過，有件事你不妨好好記住。」
胡歡道：「什麼事？請說。」
玉流星道：「我這個人一向恩怨分明，人家對我好一分，我想盡辦法也要還他兩分；假如有人膽敢欺負到我頭上，哼！林劍秋就是個絕好的榜樣。」
胡歡不停的點頭，一副完全明瞭的模樣。
玉流星突然指著他肩上的花布包袱，道：「那是什麼？」
胡歡急忙從肩上解下來，雙手托給她，道：「妳看，我對妳不錯吧？連逃命的時候都不忘記妳的東西，這種朋友到哪兒去找？」
玉流星居然沒有作聲，只白了他一眼，解開包袱，將紅花棉襖往身上一套。
小舟已在水中搖晃起來，直向冷霧瀰漫的江心搖去。
天色漸明，冷霧已散。小舟越過江心，對岸楓林在望。
玉流星忽然停槳細聽，神色突變。
胡歡環目四顧，一無所見，不禁大聲問道：「怎麼了？」

玉流星道：「糟了，五龍會的人已經到了。」
胡歡又回頭望了望，道：「在哪裡？」
玉流星指指舟下。
胡歡道：「好像比妳估計的更快。」
玉流星嘆息道：「金玉堂這傢伙真不簡單！」
胡歡也嘆了口氣，道：「難怪江湖上都稱他為『神機妙算』。」
玉流星打量著對岸的距離，道：「你過得去嗎？」
胡歡隨手抓起塊木板，道：「有這塊東西大概還可以。妳呢？」
玉流星傲然一笑，道：「如果這點距離就把我難倒，我還有什麼資格叫玉流星？我還有什麼資格拿你那三成？」
說話間，小舟已在搖晃，胡歡幾乎跌出舟外，幸虧玉流星一把將他拉住。舟底已有鑿孔之聲。
胡歡急將木板掰成幾塊，道：「我得先走一步，我們在右邊的火楓林見。」
說著，已將手中第一塊木板投出，木板剛落水面，人也飛了出去，足尖在飄浮的木板上輕輕一點，身形又已騰起，第二塊木板也已投出，倏然間，他的人就像點水的蜻蜓般，幾個起落已躍上對岸。

玉流星看得連連搖頭，好像還嫌他太笨。她在水裡接連刺了幾刀，慘叫聲中，她的人也如流星般疾射而出，身子輕得就像個紙人，踏波直向對岸奔去。

胡歡很快就已找到鋪滿枯葉的林中小路，他朝右邊走了幾步，突然停止，歪頭斜眼的想了想，忽然轉身直向左邊飛奔而去。

也不知跑了多久才慢慢停下來，一面擦著汗，一面回頭觀看，確定後面沒人追來，這才鬆了口氣。

但前面卻有個嬌滴滴的聲音道：「你的腳程真慢，怎麼現在才到？人家的腿都快站斷了。」

胡歡嚇了一大跳，連擦汗的手巾都差點掉在地上。

玉流星正倚樹而立，面含不耐地在擺弄著一塊手帕。

胡歡尷尬地笑道：「玉流星，還是妳行，我算服了妳！」

玉流星哼了一聲，道：「你以為拿你三成是那麼簡單的事？」

胡歡沒話可說，乾笑遮醜。

玉流星道：「說吧！現在要往哪邊走？」

胡歡道：「附近有沒有吃東西的地方？」

玉流星道：「餓了？」

胡歡道：「餓得快啃樹皮了。」

玉流星抬手往前一指道：「穿過樹林，就是李老頭的茶棚，東西雖然不怎麼樣，填飽肚子大概還沒問題。」

胡歡什麼話也不說，拔腿就朝玉流星所指的方向走去。

五

太陽已漸爬起，溫和的陽光透過枯枝，滲入樹林，多少給陰冷的林中帶來一些暖意。

兩人埋首疾行，各懷心事，臉色也隨著明暗的陽光變幻不定。

突然，兩人同時停步，同時回首後顧。

林中一片寂靜，四周渺無人跡，可是兩人的神色卻同時一變，相互望了一眼。胡歡「嗖」的躥上枝頭，玉流星也拔刀隱身樹後。

過了一會兒，只見一個面目清秀的少年匆匆走來，一邊走著，一邊像條獵犬般伏身查看地上的痕跡，很快就找到了兩人藏身之處。

玉流星忽然閃身而出，一刀砍了過去。

那少年身手非常敏捷，身形一晃，已躲在一棵大樹後面，半晌才露出半張臉道：「玉流星，妳我並沒有什麼深仇大恨，何必見面就下毒手？」

玉流星狠狠道：「秦官寶，你他媽的膽子越來越大了！居然敢跟蹤起你姑奶奶來了！」

秦官寶急急道：「妳誤會了！我不是跟蹤妳，是專程趕來給妳送信的。」

玉流星道：「送信？」

秦官寶道：「嗯，兩件事，都很重要。」

玉流星道：「有話快說，有屁快放！姑奶奶沒空跟你嚕嗦！」

秦官寶道：「妳要先聽好的，還是先聽壞的？」

玉流星沒好氣道：「壞的。」

秦官寶道：「玉流星，妳要小心哪，林劍秋那老傢伙就在附近。」

玉流星驚慌四顧，定了定神，才道：「林劍秋來了又怎麼樣？他又能將我奈何？」

秦官寶道：「我知道妳腿快，他追不上妳，可是事先有個防備，總比突然碰上好，妳說對不對？」

玉流星這才還刀入鞘，神色也緩和了不少。

秦官寶從樹後走出來，依然不敢太靠近玉流星，生怕她又給自己一刀。

玉流星道：「第二件呢？」

秦官寶立刻眉開眼笑道：「天大的好消息。」

玉流星冷冷道：「說吧！」

秦官寶作揖道：「玉流星，恭喜妳，妳要發財了。」

玉流星瞪眼道：「發你奶奶的棺材！你要再胡說八道，我可要趕人了！」

秦官寶忙道：「慢點，慢點，我說的是實話。有筆大生意，只要妳肯做，保證妳發大財。」

玉流星嘴巴一歪，道：「你秦官寶會有什麼大生意?真是笑死人。」

秦官寶急道：「大，大得嚇死人！一旦得手，包妳兩輩子都用不完。」

玉流星道：「哦?說來聽聽！」

秦官寶朝四下掃了一眼，往前湊了湊，小聲道：「前幾年江湖上盛傳的那批藏寶，突然又出現了。」

玉流星道：「哦？」

秦官寶道：「聽說那張藏金圖前幾天還在日月會的關大俠手上。」

玉流星道：「後來呢？」

秦官寶道：「誰知關大俠名聲雖大，福分卻太薄，一路被人追殺，雖然逃出重圍，最後終因傷重不治，死在半路上。」
玉流星道：「這件事早就傳遍江湖，還要你來告訴我？」
秦官寶道：「妳只知其一，不知其二，好戲還在後頭呢！」
玉流星道：「說下去！」
秦官寶喘了口氣，繼續道：「在他臨死之前，剛好有個傢伙經過那裡，關大俠別無選擇，竟將那張價值連城的藏金圖白白送給了那個人。」
玉流星道：「還有呢？」
秦官寶道：「那傢伙也不知是走運還是倒楣，平空得到那張大家爭得你死我活的東西，可憐他直到現在，恐怕還不知道那張東西的價值呢！」
玉流星不耐道：「直說，別兜圈子。」
秦官寶道：「是，是，那傢伙在關洛道上也小有名氣，江湖上都叫他浪子胡歡。妳別看他笨頭笨腦，卻極可能是個名門之後，昨日神刀侯門下居然有人料定他是當年『鐵劍追魂』胡大俠的後人。」
玉流星訝然道：「真的？」
秦官寶點頭道：「嗯，神刀侯門下既然有人這麼說，可能性就很大，不過，如果他真是胡大俠的後人，那就好玩兒了。」

玉流星道：「就算他是胡家的後人，充其量也不過多一些人追殺他，又有什麼好玩兒？」

秦官寶道：「難道妳不知道當年胡大俠的兒子跟汪大小姐自小就訂了親？」

玉流星道：「哪個汪大小姐？」

秦官寶道：「就是這幾年名震武林的『無纓槍』汪大小姐。」

玉流星動容道：「有這回事兒？」

秦官寶道：「嗯，只可惜人家汪家現在正如日中天，而胡家卻早就完了。那姓胡的本身又不爭氣，像條喪家之犬一樣，終日浪蕩江湖，一事無成。妳想想，這兩個人怎麼能夠配在一起？將來怎麼上床？」

說到這裡，已忍不住哈哈大笑起來。

玉流星蹙眉道：「你要告訴我的就是這些嗎？」

秦官寶急忙止住笑聲，道：「現在最重要的是怎麼把那件東西弄過來。」

玉流星道：「你打算怎麼下手？」

秦官寶道：「聽說那姓胡的既貪酒又好色，見到漂亮的女人連命都不要了，所以只要我們找到他，憑妳玉流星這身本錢，妳只要稍稍給他一點甜頭……」

「啪」地一聲，秦官寶已挨了一記耳光。

玉流星指著他鼻子罵道：「他媽的！你把你姑奶奶當成什麼人？」

秦官寶一手捂臉，一手急搖擺道：「妳別誤會，我不是那個意思。我只是叫妳在前面吸引他的注意，我趁機從後面下手，只要一下，這一百萬兩黃金就是我們的了。」

玉流星呆了呆，道：「你……你說什麼？一百萬兩金子？」

秦官寶道：「對，整整一百萬兩！到時候妳五十、我五十，不不不，妳六十、我四十，我們豈不是發死了？」

玉流星目瞪口呆，口水都差點流出來。

秦官寶道：「玉流星，妳不妨仔細想想，如果妳有了六十萬兩黃金，起碼妳可以蓋一座看不到邊的莊院，用二百名老媽子、三百個婢子、四百個家丁、五百名貼身護衛、六百名護院，養七百匹馬、八百頭牛、九百隻羊，然後再嫁……」

玉流星接口道：「嫁一千個老公？」

秦官寶道：「不不，嫁一個起碼也有三五十萬兩身價的老公，真是享不盡的榮華富貴，豈不比浪蕩江湖要好得多？」
玉流星冷笑道：「你想得可真美。」
秦官寶急道：「並不只是想，只要妳玉流星一點頭，那批東西就是我們的了。」
玉流星道：「就這麼簡單？」
秦官寶道：「比妳想像的還要簡單得多，可是要快，再遲就來不及了。」
玉流星道：「為什麼？」
秦官寶道：「因為我十三叔隨時都可能趕到。」
玉流星道：「勾魂秦十三，逃命難上天？」
秦官寶道：「對，就是他。」
玉流星道：「他來了又怎麼樣？」
秦官寶道：「我十三叔也不知什麼時候認識了姓胡的，兩人臭味相投，交情好得不得了。萬一兩人一聯手，那就難辦了。」
玉流星道：「他既是你叔叔，自己人，豈不更好談？」
秦官寶嘆了口氣，道：「唉！妳不知道，我跟他八字犯沖，見了他我就腿軟，別說合做生意，就算他送給我東西，我都不敢要。」

玉流星歪嘴一笑道：「瞧你這點出息！我勸你還是趕快回家，討個媳婦兒等著抱孩子算了。」

秦官寶道：「玉流星，這機會可是千載難逢、稍縱即逝啊！」

玉流星道：「秦官寶，老實告訴你，我根本就沒意思跟你合作。」

秦官寶道：「為什麼？」

玉流星道：「因為我已經有了合夥人。」

秦官寶道：「哦？是誰？」

玉流星抬手一招，胡歡飄然而落。

秦官寶愕然望著胡歡，道：「就是他？」

玉流星點頭道：「就是他。」

秦官寶道：「他……他是什麼人？」

玉流星淡淡道：「這個人武功既不高，人品也不怎麼樣，既貪酒又好色，連是哪一家的孩子都沒搞清楚，但他卻有一樣人所難及的長處。」

秦官寶急忙追問道：「什麼長處？」

玉流星道：「他的名頭很唬人，有人一聽到他的名字撒腿就跑，連頭都不敢回一下。」

秦官寶呆了呆，道：「哦?不知這位仁兄高姓大名?」

玉流星瞟了胡歡一眼，得意洋洋道：「他姓胡，單名一個歡字，江湖上的人都叫他浪子胡歡。」

秦官寶張口結舌地楞了半晌，突然一個「旱地拔蔥」，身形倒射而出，轉眼已失去蹤影。

玉流星看他那副落荒而逃的模樣，又想起那龐大的數目，不禁開懷大笑。

胡歡只靜靜地站在她旁邊，直待她笑得差不多的時候，才輕輕拍拍她的肩膀。玉流星扭頭望著他，臉上依舊笑意盈然。

胡歡卻一絲笑容都沒有，只用大拇指朝背後指了指。

玉流星回首一瞧，神色大變。

就在兩人身後不遠的地方，正並排站著三個人。中間是個鬢髮斑白的官人，身著白色的官服，外面罩著一件寬大的銀狐披風，相貌堂堂，神情凜然。

兩旁是兩名侍衛，衣著鮮明，體態威武，遠遠望去，使人不寒而慄。

胡歡忽然問道：「是不是林劍秋？」

玉流星點頭道：「嗯。」

胡歡道：「一個人應付得了嗎？」

玉流星冷笑道：「如果我連這點小場面都沒法料理，我還能活到今天嗎！」

胡歡笑笑道：「那麼妳就自己慢慢去料理，我先到李老頭的茶棚等妳，怎麼樣？」

玉流星道：「好，不見不散。」

胡歡含笑揮手，大步而去。

玉流星霍然拔刀，身形疾射而出，目標並不是林劍秋，而是相反的方向。

林劍秋與兩名侍衛也同時騰身而起，飛快的朝玉流星的去向追趕下去。

第二回 名捕

一

林外陽光普照，群峰聳立，視野非常遼闊，唯一缺少的是一條通往對崖的道路。

玉流星千方百計的奔出樹林，正想一展腳程，卻意外的走上一條絕路。她站在崖邊，心急如焚，一澗之隔，猶如陰陽兩界，想要回頭，林劍秋和兩名侍衛已然趕到。

三人成三角形狀將她包圍在中間。

林劍秋得意的望著她，道：「玉流星，幾個月不見，妳長得更漂亮了。」

玉流星恨恨道：「姑奶奶漂不漂亮，干你屁事？」

林劍秋獰笑道：「死到臨頭，嘴還這麼硬，大概這就叫做視死如歸吧！」

玉流星焦急回顧，覓尋活路。

林劍秋卻道：「玉流星，別打冤枉主意，這道山澗妳跳不過去的。」

玉流星道：「你想怎麼樣？」

林劍秋摸著寸草不生的下巴想了想，道：「見面之前，我本想殺掉妳算了，現在我又有點捨不得了。像妳這種萬中選一的美人兒，我若糊裡糊塗的將妳殺掉，豈非暴殄天物？」

玉流星道：「廢話少說！你究竟要怎麼樣？」

林劍秋道：「我看這樣吧！妳曾經廢了我一條腿，妳就還給我一條吧！」

兩名侍衛聞言忍俊不禁，玉流星俏臉漲得通紅。

林劍秋繼續道：「是左腿，是右腿，隨妳選，妳願意送給我哪一條，我就要哪一條。」

突然，對崖傳來一陣婉轉的黃鶯啼聲。

寒山之中哪兒來的黃鶯？林劍秋及兩名侍衛警戒之心油然而生。

玉流星神情稍定，搔首弄姿道：「我這兩條腿生得又白又嫩，為什麼要白白送給你？」

林劍秋道：「難道妳忘了？妳欠我一條啊！」

玉流星冷哼一聲，道：「我欠你的既不是左腿，也不是右腿，如果你一定要我還給你，改天還你一條狗腿好了。」

兩名侍衛目光不約而同地望著林劍秋臉上，只要他下巴一歪，馬上準備動手殺人。可是林劍秋就像根本沒有聽到玉流星的話一樣，眼睛不停的向對面斷崖上搜索。

婉轉動聽的黃鶯啼聲不斷傳來，玉流星也像變了一個人似的，舞手蹈足，搖曳生姿。

林劍秋冷笑：「玉流星，省點精神吧！妳的同黨雖然到了，可惜遠水救不了近火，縱然他長出翅膀，也救不了妳的。」

玉流星比手作勢道：「如果我長出翅膀，從這兒飛出去呢？」

林劍秋突然臉色大變，急忙下巴一歪，三人同向玉流星衝去。

只可惜這時玉流星早已飛出斷崖，站在對崖的秦官寶也同時將手中的繩索拋出。林劍秋立刻掏出暗器，連環打了出去。

只聽玉流星一聲驚叫，身子在空中微微一頓，但最後還是勉強將秦官寶拋過來的繩頭抓住，繩索凌空一抖，玉流星又已借力騰起，直向對崖撲去。

玉流星登上斷崖，早已筋疲力盡，身子一陣搖晃，突然又失足翻落下去。

秦官寶大吃一驚，急收繩索，終於將玉流星拉住。

斷崖下一片死寂，吊在繩索上的玉流星一點聲息都沒有。

秦官寶急忙喊道：「玉流星！妳怎麼樣？」

玉流星竟在下面大喊道：「你他媽的窮喊什麼，還不趕快往上拉！」

秦官寶這才鬆了口氣，費了九牛二虎之力，才將半死的玉流星拉上崖。

玉流星滿身污泥，灰頭土臉，右胯上也已沁出血跡，顯然已被林劍秋暗器所傷。

她伏在崖邊歇息了很久，突然跳起來破口大罵道：「你看，都是你這個王八蛋，害得人家這副模樣！」

秦官寶楞了楞，哭笑不得道：「姑奶奶，妳有沒有搞錯？我是拚著命才把妳救出來的啊！」

玉流星道：「救我出來又怎麼樣？」

秦官寶道：「妳就算不感謝我，也不應該怪我啊！」

玉流星道：「不怪你怪誰？你看這個樣子，你叫我怎麼見人？」

秦官寶不禁生氣道：「好吧！就算我救錯了妳，總可以了吧？」說完，繩索往懷裡一揣，回頭就走。

玉流星卻冷哼一聲，道：「本來我還想在胡歡面前替你求求情，叫他見到你十三叔的時候不要說你的壞話，既然你這麼不通情理，那就算了。」

秦官寶聽得立刻折回來，滿臉陪笑：「我是跟妳開玩笑的，我怎麼會真走？這樣吧，我們找戶人家，我替妳買套衣服，就算我向妳賠不是，妳說夠不夠？」

玉流星又哼一聲，道：「這還差不多。」

秦官寶道：「那麼我們就趕緊走吧！從這兒到李老頭茶棚的半路上，正好有幾戶人家，讓妳先換好衣服再去吃東西也不遲。」

玉流星眼睛翻了翻，道：「為什麼一定要到李老頭的茶棚去吃東西？」

秦官寶道：「浪子胡歡不是約好跟妳在那兒見面嗎？」

玉流星嘆道：「像你這種毫無江湖經驗的人，居然也能活到今天，真不簡單。」

秦官寶怔了怔，道：「妳這話是什麼意思？」

玉流星道：「胡歡的話也能相信嗎？」

秦官寶道：「為什麼不能相信？我聽十三叔說過，那傢伙毛病雖然一大堆，說話倒是一向很有信用。」

玉流星笑笑：「再有信用的人，如果讓他懷裡揣著一百萬兩黃金，也會變得一肚子的鬼，你信不信？」

秦官寶想了想，道：「信。」

玉流星道：「信的話，就跟我走。」

秦官寶道：「到哪兒去？」

玉流星道：「前面就有幾戶人家，我們到那兒打聽一下，說不定能探出他的下落。」

二

山腳下有幾間農舍，有個農婦正在屋前餵雞。

玉流星伸手，秦官寶立刻將一錠銀子交在她手上。

直待兩人走到跟前，農婦才抬起頭。

玉流星道：「這位大嫂，我想向妳買點東西。」

農婦瞄了那錠銀子一眼，道：「妳想買什麼？」

玉流星道：「一套衣服，兩隻雞。」

農婦這才吃驚的望著玉流星，道：「哎唷！這是在哪兒摔的，怎麼全身都是泥巴？」

玉流星道：「就在前面的山路上，一不小心，從上面滑了下來。」

農婦道：「這附近的路可難走得很，姑娘可得當心哪！」說著，目光還匆匆朝後山坡的小路瞟了一眼。

玉流星和秦官寶相顧一笑。

農婦打量著玉流星的身材，道：「幸虧我出嫁時的衣服還留著，姑娘穿起來一定很漂亮。」

玉流星隨農婦入房。

秦官寶又像一條獵犬般地仔細查看著那條通往後山坡的小路。

過了很久，玉流星容光煥發的又跟隨那農婦走出來。

兩人交換了一個眼色。

玉流星道：「前面不遠有個山神廟，你有沒有去過？」

秦官寶道：「去過，這附近我熟得很。」

玉流星道：「你到那裡先把這兩隻雞做好，半個時辰之內，我們準到。」說完，飛快地朝後山坡奔去。

胡歡舒舒服服的躺在斜坡上，嘴裡啃著乾饅頭，二郎腿還不停地在晃動。

玉流星悄悄地走到他頭前，垂首默默地望著他。

胡歡也翻著眼睛，尷尬地望著玉流星。

玉流星道：「你不是說在李老頭的茶棚等我嗎？怎麼跑到這裡來了？」

胡歡嚥下嘴裡的饅頭，含含糊糊道：「迷路了。」

玉流星道：「迷路的人通常都很驚慌，我看你逍遙得很嘛！」
胡歡急忙坐起來，乾笑道：「經常迷路，習慣了。」
玉流星得意的笑笑，道：「三成不冤吧？」
胡歡忙道：「不冤，不冤。」
玉流星道：「半天沒吃東西，卻跑到荒山野地裡來啃饅頭，我看你真是大爺不當當孫子。」
胡歡嘆了口氣，道：「沒法子，惡鬼纏身，有饅頭啃已經不錯了。」
玉流星冷笑道：「如果真是惡鬼，就不會趕來請你去吃叫花雞了。」
胡歡怔了怔，道：「叫花雞？」
玉流星點頭道：「嗯，天下一品的叫花雞。」
胡歡道：「總不會比丐幫的簡長老還高明吧？」
玉流星鼻子裡哼了一聲，道：「簡化子那兩手算什麼，差遠了！」
胡歡「咕」的嚥了口唾沫。
玉流星道：「想不想吃？」
胡歡道：「當然想。」

玉流星道：「想吃就跟我走。」

兩人匆匆走下山坡。

農婦仍在餵雞。

胡歡看看那農婦，又看看玉流星，道：「妳這身衣服，八成是那位大嫂出嫁的時候穿的。」

玉流星道：「你這個人有時候還真的有點小聰明。」

胡歡含笑不語，低首前行。

玉流星道：「方向走錯了，是這邊。」

胡歡卻像沒聽到她的話一般，愈走愈快。

玉流星微微楞了一下，突然飛身撲向農舍，胡歡也閃電般衝入房門。

那幾件沾滿污泥的舊衣服正堆在牆角上。

兩人同時抓到那件紅花棉襖，同時用力一掙，棉襖頓時撕成兩半。

胡歡從棉絮中取出一樣東西，飛快的往懷裡一揣，若無其事道：「叫花雞在哪兒？走啊！」

玉流星什麼話也沒說，只將半截棉襖狠狠地朝地上一摔，扭身衝了出去。

三

山神廟的廟門剛好擠在兩棵老樹中間，廟堂的後半段也整個隱藏在山壁中，從外面看上去面積很小，裡面卻極寬敞。

三人席地而坐，當中擺著兩隻香噴噴的叫花雞。

胡歡撕下個雞腿拿給玉流星，道：「妳先嚐嚐看，味道好像還不錯。」

玉流星頭一甩，給他個不理不睬。

胡歡也不介意，老實不客氣的咬了一口，邊嚼邊道：「嗯，果然不壞，想不到秦官寶還有一手！」

秦官寶腆顏道：「這兩隻雞，就算我向胡叔叔賠罪的吧！」

胡歡道：「不敢當，不敢當。」

秦官寶道：「大人不記小人過，方才在樹林裡的那些話，只當我放屁，您可千萬不能記在心上。」

胡歡道：「你放心，我跟你十三叔是好朋友，那點小事，我怎會放在心上？」

秦官寶鬆了口氣，道：「謝謝，謝謝。」

胡歡沉吟著道：「不過有兩件事情，我倒很想鄭重的拜託你一下。」

秦官寶忙道：「拜託可不敢當，有什麼事，您儘管吩咐。」

胡歡道：「第一，我這個人雖然沒什麼出息，卻還不想攀龍附鳳，汪家的事，以後不可亂說，萬一她師徒找起麻煩來，我可實在惹她們不起。」

秦官寶道：「是，是。」

胡歡又道：「第二，我貪酒好色，見到漂亮女人就沒命……」說到這裡，忽然斜瞟了玉流星一眼。

玉流星立刻橫目回視。

胡歡笑笑，小聲接道：「這是我最大的秘密，你是怎麼知道的？」

秦官寶尷尬道：「那是我為了想說動玉流星，臨時胡謅的。」

胡歡道：「這種事平時說說倒也無妨，只是現在情況有些不同，今後最好不要再提。」

秦官寶又道：「是，是。」

玉流星卻大聲道：「為什麼不能提？我偏要替你宣揚一下！」

胡歡色瞇瞇笑道：「如果人家問妳玉流星是怎麼知道的，妳怎麼說？」

玉流星瞠目相向，一時無言以對。

胡歡道：「妳玉流星雖然浪跡江湖，卻一向潔身自愛，所以道上對妳的口碑還不壞，假使我真是那種人，妳整天跟我泡在一起，豈不壞了妳大好的名聲？」

秦官寶道：「對，對。」

胡歡道：「我這樣做，也全是為妳著想。如果妳喜歡，妳只管宣揚去吧！」

玉流星冷哼一聲，道：「你少跟我套交情！姑娘不承你這份情。」

秦官寶迷惑道：「奇怪，今天玉流星的火氣怎麼特別大？」

胡歡笑笑道：「這女人氣量狹得很，一點玩笑都開不起。」

玉流星卻氣得幾乎哭出來，道：「人家被你耍得團團轉，連命都差點丟掉，你居然說是開玩笑！」

胡歡嘆了口氣，道：「其實我動了半天腦筋，也只是想保護那件東西，因為那件東西很怕水，渡江的時候，擺在妳身上總比擺在我身上安全得多。」

玉流星道：「你怎麼知道我不會掉在水裡？說不定我比那件東西更怕水。」

胡歡道：「但那段距離卻絕對難不倒妳，否則妳還有什麼資格叫玉流星？」

玉流星道：「你當時又怎能斷定我會在江邊等你？萬一錯過了，你的安排豈非完全落空？」

胡歡道：「如果妳連我要走的路線都估不準，妳還有什麼資格拿我三成？」

玉流星哼一聲，又道：「那麼過江之後呢？你怎麼知道我一定追得上你？萬一走失了，豈不要落個人財……」說到這裡，突然住口。

秦官寶卻在一旁接道：「人財兩空。」

玉流星狠狠瞪他一眼，秦官寶急忙低下頭去。

胡歡笑了笑，道：「我這人最大的長處，就是還有點自知之明，江湖上讓我甩不脫的人並不太多，妳玉流星絕對是其中一個。」

玉流星這才撕了個雞翅膀，得意地咬了一口。

胡歡繼續道：「更何況那時我要躲的根本就不是妳。」

玉流星詫異道：「哦？你在躲誰？」

胡歡道：「這附近有多少人在追蹤我們，難道妳不知道？」

秦官寶又接道：「沒有一百，起碼也有個八九十人。」

胡歡道：「所以現在李老頭的茶棚鐵定已擠滿了人，我們去了，八成又是一場鐵公雞，哪有在這兒吃叫花雞來得舒服？」

秦官寶立刻道：「對，對，我曾聽十三叔說，這種躲躲藏藏、避實就虛的本事，胡叔叔一向都極高明，連我十三叔都對你無可奈何。」

玉流星嘆道：「連九城名捕秦十三都對你無可奈何，想來你這個人必定狡詐得很。」

胡歡笑瞇瞇道：「心地也善良得很，否則秦十三的腦袋早就不見了。」

玉流星訝然道：「你還救過秦十三的命？」

胡歡道：「救命倒談不上，只不過是放了他一馬而已。」

玉流星看看胡歡，又看看正在狼吞虎嚥的秦官寶，不由興趣盎然道：「我倒很想了解一下你跟秦十三的交情是怎麼來的。能不能說來聽聽？」

胡歡道：「當然可以，妳要聽哪一段？」

玉流星道：「又不是聽說書，怎麼還分段？」

胡歡道：「我跟秦十三結識六年，發生過不少事情，每件事都極有趣，每件事也都使我們的交情更深一層，如果不分段，只怕三天三夜都說不完。」

玉流星笑笑道：「好吧！你就先說第一段吧！」

秦官寶也停住嘴，聚精會神的望著胡歡，好像對胡歡和他十三叔的事也極感興趣。

胡歡清理了一下喉嚨，道：「我跟秦十三第一次打交道，是在六年之前的春天。那時他是九城總捕賀天保最倚重的助手之一，在京城附近已經有了點小名氣……」

玉流星截口道：「那時你在幹什麼？」

胡歡道：「我在幹什麼並不重要，重要的是，當時大內正好遺失了一串價值連城的明珠，而那串明珠又正好落在我的手裡。」

玉流星失笑道：「如果你沒去拿，那串明珠又怎會無緣無故的落在你的手裡呢？」

胡歡也不理她，繼續道：「這件案子也正好交在秦十三手上，於是我就跟他捉起迷藏來，我東躲西藏的整整跟他鬥了三個月，硬是無法將他甩掉。」

玉流星道：「後來呢？」

胡歡道：「後來我被他逼得實在無路可走，只好躲進一個縣城的大牢裡。」

秦官寶立刻接道：「於是我十三叔也追進大牢，把你堵在裡面。」
胡歡道：「對。」
玉流星道：「那串明珠呢？」
胡歡得意的笑笑：「其實那串明珠根本就不在我身上，早在兩個月之前，就已藏在秦十三的行囊中，只是他一直沒有發現而已。」
玉流星怔了怔，道：「後來他有沒有發現？」
胡歡道：「他自己當然不會發現，後來我看他實在可憐，而且我也不願為了區區一串明珠，將保定秦家祖孫三代都得罪光，我才老老實實的告訴他。當時那傢伙簡直對我佩服得五體投地，感動得差點跪下來親我的腳……」
秦官寶已忍不住截口道：「可是我十三叔卻說，當時你被他逼得連滾帶爬，連尿都幾乎溺在褲襠裡，要多狼狽有多狼狽。」
胡歡瞪眼道：「大人說話，小孩子插什麼嘴！」
秦官寶也回瞪了他一眼，滿不甘願的低下頭。
玉流星笑道：「後來呢？」
胡歡道：「後來我把那串明珠賣掉了。」

玉流星愕然道：「你不是還給他了嗎？」
胡歡道：「不錯，當時我是還給他了，他也拿回去銷案了，可是經過三個月的相處，我跟秦十三和那串明珠都有了感情。有一天，一不小心，那串明珠又正好糊裡糊塗的落在我的手裡。」
玉流星聽得哈哈大笑，秦官寶卻極不開心。保定秦家是馳名武林的名捕世家，秦十三又是當時的精英人物，如今被胡歡一陣胡謅，秦家的人聽起來當然很不是味道。
胡歡卻得意洋洋的繼續道：「這只是第一段的前半段，精彩的還在後面。」
玉流星道：「還沒有完？」
胡歡道：「早得很呢！」
玉流星：「後來又怎麼樣了？」
胡歡道：「後來案子自然又落在秦十三手上，可是這次他卻做夢也沒想到，那串明珠早就被我喝光。轉眼限期已到，秦十三以辦事不力的罪名鋃鐺入獄，眼看腦袋就要搬家，我的心又軟了。」
玉流星：「東西已經被你賣掉，你心軟也來不及了。」

胡歡道：「我當時也只有死馬當作活馬醫，把朋友和仇人的錢通通湊在一起，千方百計的終於把那串明珠給買回來，連夜送回原來的地方。」

玉流星又道：「原來的地方是不是宮裡？」

胡歡點點頭，道：「那些宮女、太監突然發現明珠失而復返，不免疑神疑鬼，有個太監頭頭還硬說是狐仙作祟，不過無論如何，秦十三的腦袋總算保住了。」

玉流星含笑瞟著他，道：「想不到你這個人有的時候還蠻夠朋友。」

胡歡忽然嘆了口氣，道：「可是有的時候亂交朋友也並不一定是好事，像那次我雖然救了他的命，卻也毀了他大好的前程。」

玉流星道：「哦？為什麼？」

胡歡道：「自從那件事發生之後，秦十三個性大變，開始廣交武林人物，在江湖上的名聲也越來越大，後來弄得不僅在京城裡無法容身，連各大城鎮也都對他畏之如虎，最後才逼得他不得不跑到崇陽來。」

玉流星恍然道：「難怪名滿天下的秦十三肯屈就一個邊陲小縣的捕頭，原來是被逼來的。」

胡歡道：「所以我一直覺得對不起他，如果當年不是我一念之貪，也就不會害他落到今天這種地步了。」

就在這時，門外已有個人大笑道：「好小子，你終於說實話了！」

玉流星神色一變，秦官寶也霍然跳了起來。

四

暢笑聲中，一個身形微胖、唇上留著兩撇八字小鬍子的人已昂然而入。

只見他龍驤虎步，神氣十足，衣著也顯得十分考究，不僅剪裁縫製得非常合身，質料也極高貴，腰刀上鑲著的幾顆寶石，顆顆俱是上品，相信任何人見到他，都一定以為他是哪家大鏢局的大老闆，但他的身分，卻只不過是個小小的捕頭而已。

秦官寶忽然變得像碰到貓的老鼠一般，畏畏縮縮地叫了一聲：「十三叔。」連聲音都走了樣。

玉流星也已緊握住刀柄，將半個身子藏在胡歡背後，只因為秦十三的出鞘一刀，在武林中是很有點名氣的。

可是秦十三的雙手卻一直背在身後，既沒有拔刀的意思，也沒看秦官寶一眼，只挺著肚子，翹著小鬍子直望著胡歡，那副神情好像得意得不得了。

胡歡張口結舌地愣了半晌，才道：「胖猴子，你跑來幹什麼？」

秦十三道：「來聽你懺悔。」

胡歡乾笑兩聲，道：「有的時候朋友為你奔波辦事，你總得說兩句好聽的讓他開開心，你說對不對？」

秦十三笑笑道：「你怎麼知道我在為你辦事？」

胡歡道：「你總不會是專程跑來拜山神的吧？」

秦十三滿臉的笑容立刻變成苦笑，從懷裡取出了一條雪白手帕，小心的鋪在地上，一屁股坐在胡歡對面，不斷搖著頭道：「小狐狸，你的膽子愈來愈大了！外面已被你搞得天翻地覆，你還有心情抱著妞兒在這兒吹牛，我真服了你！」

胡歡忙道：「秦兄，當心禍從口出！這女人氣量狹得很，一點玩笑都開不得。」

玉流星果然臉孔已經漲紅，眼睛也瞪起來，一副隨時都可能拔刀的樣子。

秦十三急忙往後閃了閃，滿臉陪笑道：「妳……就是玉流星？」

玉流星兇巴巴道：「是又怎麼樣？」

秦十三道：「嗯，江湖上傳言倒也不假，長得果然不賴，只可惜太兇了點兒。」

玉流星冷冷道：「你這人嘴巴雖然不乾不淨，眼光倒還不差。」

秦十三昂首一陣大笑，突然伸手一撥，秦官寶已跌坐在他身旁，同時秦官寶懷裡一團零亂的繩索也已落在他手上。

秦官寶整個人都嚇呆了，連動也不敢動彈一下。

秦十三臉孔一板，惡聲道：「這是什麼？」

秦官寶囁嚅著道：「這……這是繩索。」

秦十三點頭不迭道：「哦？原來這是繩索。如果你不告訴我，我還當它是一條死蛇呢！」

胡歡、玉流星不禁相顧莞爾。

秦官寶急聲辯解道：「這是剛剛才用過，還沒來得及收好。」

秦十三將繩索朝他臉上一丟。

「你離家不滿一年，就把家規全忘了！這種吃飯的傢伙居然收也懶得收，你還算是秦家的子弟嗎？」

秦官寶急忙將繩索收成了一個整整齊齊的小圈圈，手法靈巧熟練已極。

秦十三斜瞥了玉流星一眼，冷哼一聲，道：「轉眼就能收好的東西，你竟說來不及，你究竟在搞什麼鬼？你在打什麼糊塗主意？」
秦官寶垂著頭，哭喪著臉，一句話也不敢說。
秦十三忽然一嘆，道：「平時你跟胡叔叔跑跑，我並不反對，起碼也可以學點江湖經驗，不過現在時機不對，你跟他攪在一起，不但幫不上他的忙，還要讓他回頭來照顧你，豈不等於害了他？」
秦官寶忙道：「是，是。」
胡歡突然道：「難道我除了逃命之外，就沒有第二條路可走嗎？」
秦十三道：「有。」
胡歡振奮道：「哪條路？你說！」
秦十三道：「你跟誰有仇，就把那件東西送給他。」
胡歡叫道：「這叫什麼路！」
玉流星道：「就是嘛！好不容易得來的東西，憑什麼白白送掉？」
秦十三道：「那麼就趕緊逃吧！逃得越快越好。」
胡歡沉默了一陣，道：「外面的情況真的有那麼嚴重嗎？」
秦十三嘆道：「比你想像的還要嚴重得多。」

胡歡道：「嚴重到什麼程度？」

秦十三道：「如今不僅神刀侯調兵遣將，對那件東西是勢在必得，其他像大風堂、萬劍幫、錦衣樓、日月會等有實力的大幫派全已出動。最要命的是神衛營也派出了大批高手，連他們的統領申公泰都親自趕下來，你說這些情況夠不夠嚴重？」

胡歡道：「夠。」

秦十三道：「那你還等什麼？再遲，想走也走不成了。」

胡歡沉默了一陣，忽然道：「秦兄，依你看，我這次成功的機會有幾成？」

秦十三道：「一成都沒有。」

胡歡雙手一攤，道：「既然如此，我還逃什麼？來！吃雞！」說著，抓起大半隻叫花雞，撕了個雞腿往秦十三手中一塞，便大啃大嚼起來。

不但玉流星和秦官寶看得傻了眼，連秦十三也楞住了，手上拿著個雞腿，吃也不是，不吃也不是。

胡歡邊吃邊道：「咦？你們為什麼不吃？」

秦十三哭笑不得地望著他，道：「小狐狸，你究竟有幾條命？」

胡歡含含手，道：「一條。」

秦十三道：「你只有一條命，還有膽子坐在這兒吃叫花雞，我看你是活膩了。」

胡歡道：「放心，有你這種好朋友保駕，我一時還死不了。」

秦十三著急道：「小胡，你可不要搞錯，我並不是不想幫你忙，而是這次事情太大，我實在是無能為力啊！」

胡歡道：「哦？」

秦十三稍許遲疑了一下，道：「不過，如果你不太貪心的話，我倒可以給你一個建議。」

胡歡道：「請說。」

秦十三道：「你先找個安全的地方躲起來，在這段期間，絕對不能出錯，否則神仙無救。」

胡歡道：「要躲多久？」

秦十三想了想，道：「最少也得五天。」

胡歡道：「五天以後呢。」

秦十三道：「五天以後你就有機會了。」
胡歡道：「什麼機會？」
秦十三道：「當然是成功的機會。」
胡歡精神一振，道：「說下去！」
秦十三道：「到時候，各幫各派都已趕到，你就可以堂堂正正去找神刀侯了。」
胡歡吃驚道：「你叫我去找神刀侯？那不等於自投羅網嗎？」
秦十三得意地笑道：「也不見得，神刀侯一向以俠義自居，在眾目睽睽之下，他能把你怎麼樣？殺你，他立刻會變成眾矢之的，放你，他又不放心，唯一的方法就是全力保護你，於是，最危險的地方，也就變成了最安全的地方。」
胡歡道：「可是神刀侯為什麼要保護我？」
秦十三道：「因為他怕你落到別人手上。」
胡歡想了想，道：「嗯，有道理。」
秦十三道：「到那個時候，你就可以找個機會，好好跟他談談了。」
胡歡道：「談什麼？」

秦十三道：「當然是談生意。」

胡歡喜形於色道：「好，好，想不到我浪子胡歡居然有機會跟神刀侯談生意，這倒有意思得很。」

秦十三道：「但你可千萬不能大意，神刀侯好應付，他身邊的金玉堂卻很難纏，一不小心，就會落進他的圈套裡。」

胡歡道：「這你倒不必擔心，只要那件東西不露相，他再難纏，也對我無可奈何。」

秦十三猛的一拍大腿，道：「對！這就是你的本錢，你善加利用吧！」

胡歡把雞骨一扔，笑道：「我就知道你這胖猴子的胖腦袋裡一定有鬼名堂，果然不出我所料，這個方法真不錯。」

秦十三也笑呵呵道：「還有件事情，你也千萬不可忘記。」

胡歡道：「什麼事?你說。」

秦十三道：「如果這筆生意僥倖談成，可不能忘了我這一份。」

胡歡哈哈一笑，道：「你放心，只要金子到手，不但你的少不了，連秦官寶也有一份給他。」

秦官寶大喜過望道：「真的？」

胡歡道：「當然是真的，不過，你得替我辦件事。」

秦官寶道：「什麼事？請胡叔叔吩咐。」

胡歡道：「想辦法替我把『蛇鞭』馬五和『神手』葉曉嵐找來。」

秦十三怪叫道：「找他們幹什麼？」

胡歡道：「人多好辦事。」

秦十三道：「他們能幫你什麼忙？『神手』葉曉嵐那兩套只能騙騙小孩子，『蛇鞭』馬五更沒用，他娘那間客棧目標太大，你不能住，他那條鞭子也只能趕趕馬匹，至於他手下那百十輛馬車，更是派不上用場，你找他們來，豈不是糟蹋糧食？」

胡歡笑嘻嘻道：「如果是拉金子呢？」

秦十三哈哈大笑道：「拉金子？你別逗了！八字還沒一撇，你就準備車子！我看你還不如乾脆準備幾塊尿布算了。」

胡歡怔了怔，道：「準備尿布幹什麼？」

秦十三道：「等你跟玉流星生下孩子的時候用啊！」

話剛說完，只見寒光一閃，玉流星的短刀已然橫削過來。

秦十三體型雖胖，動作卻靈敏無比，「呼」地一聲，人已翻了出去，凌空一個筋斗，不但將整個身子貼在牆壁上，同時也把被玉流星短刀削斷的一塊雞腿咬在嘴裡，身體緩緩由壁上滑落，口中的雞腿也吞了下去。

突然，秦十三的臉色變了變，道：「玉流星，妳能不能告訴我一句老實話？」

玉流星橫刀而立，怒目不語。

秦十三道：「妳自從賞了林劍秋那一下之後，有沒有洗過刀？」

胡歡聽得哈哈大笑，秦官寶也在一旁偷笑不已，最後連玉流星也忍不住「嗤」一聲笑了出來。

秦十三連連搖頭道：「這女賊實在厲害！說幹就幹，連招呼都不打一聲。」

胡歡笑道：「這次你可不能怪我，我可是早就跟你打過招呼。」

玉流星冷哼一聲，橫眉豎眼道：「秦十三，我警告你，下次你再敢出言不遜，就沒這麼便宜了。」

秦十三忙道：「好吧！算我怕了妳，總可以了吧？」

玉流星「嗆」一聲，還刀入鞘，臨坐下還狠狠地瞪了他一眼。

秦十三在他昂貴的衣服上打理一番，道：「我們要先走了，你們也趕快準備開溜吧。」

秦官寶最怕跟秦十三走在一起，聞言不禁大吃一驚，道：「我……我們？」

秦十三橫眼道：「對，我們的意思就是我和你。」

秦官寶急道：「可是……我還要替胡叔叔辦事啊！」

秦十三道：「既然要辦事，就該早點走，還泡在這裡幹什麼？」

話還沒有說完，秦官寶已竄出廟門。

秦十三手凌空一抓，鋪在地上那塊雪白的手帕已飛起來，緩緩飛入他的手裡。

玉流星駭然望著胡歡，道：「這是什麼功夫？」

胡歡淡淡一笑，道：「八成是從『神手』葉曉嵐那兒偷學來的戲法。」

秦十三嗤之以鼻道：「我就知道你會這麼說，其實你錯了。老實告訴你，這是我苦練半年才體會出來的，小葉那兩手算什麼？差遠了！」說完，胖頭一甩，昂首闊步而去。

胡歡一面笑著，一面伸出五根手指，道：「五天，有沒有地方躲一躲？」

玉流星道：「有。」

胡歡立刻道：「什麼地方？」

玉流星什麼話也沒有，只朝後上方指了指。

第三回 冷暖江湖

一

越過山頭就是鳳鎮，只要到了鳳鎮，兩人就有了藏身的地方。

因為田大姐在鳳鎮是個極有權勢的人，她也剛好是玉流星最知己的朋友。

山路崎嶇，舉步艱難，但玉流星卻愈走愈起勁，臉上也充滿了興奮的神色，彷彿一個離家已久的遊子突然走上了歸鄉的路途。

胡歡從她的表情裡，很快就已體會出這種味道。

過去他也曾經有過類似的感覺，但在他的感覺裡卻沒有興奮，只有惆悵。

所以他很羨慕玉流星，也暗自替她高興，因為能有田大姐這樣知己的朋友，也等於有個親人，總比他這種像無根浮萍般的人幸運得多。

時近正午，兩人終於踏到山腰的一塊平地上。

胡歡已經疲憊不堪，玉流星也香汗淋漓。她一邊擦汗一邊鬆開領口，露出了白嫩的粉頸，看上去別有一番風情。

胡歡忍不住多看了幾眼。

玉流星立刻橫眼道：「我看你的精神還蠻不錯嘛！」
胡歡乾笑兩聲，道：「爬到山頂大概還沒問題。」
玉流星冷笑道：「只爬到山頂有什麼用，下山的路比上山更難走，而且下山之後少說還有四五十里，你是不是想叫我揹你？」
胡歡忙道：「那倒不必。」接著嘆了氣，道：「我原以為過了山就到，沒想到還有那麼遠的路。」
玉流星冷冷道：「所以我奉勸閣下最好是閉上你的眼睛，好好養一養精神吧！」
胡歡沒等她說完就已躺下，就在她的話剛剛收口之際，胡歡卻忽然以手撐地，雙腳齊出，竟將玉流星輕盈的身子蹬得飛了出去。
玉流星又驚又氣，她做夢也沒想到胡歡會選擇這種地方向她下手，腳一著地，短刀已在手中，剛想衝回去與他一拚，忽然發覺一張巨網自天而落，剛好將胡歡罩在網裡。
四周樹擺枝搖，四條灰衣人影分從四棵樹上現身，齊向胡歡撲下。
玉流星不暇細想便已掠起，身在空中，兩柄飛刀已疾射而出，同時連人帶刀也已撲進一名灰衣人懷中。

慘叫連聲，剎那間已躺下三人，最後那人一看情況不對，轉身便逃。玉流星手腕一抖，又是一柄飛刀射出。那人奔出三丈多遠，終於撲面栽倒。

胡歡坐在網裡，不禁拍手大叫道：「好身手！又快又狠，不愧是令人聞名喪膽的玉流星！」

玉流星笑了笑，突然短刀在胡歡脖子上一架，道：「你怕不怕？」

胡歡呆了呆，道：「妳這是幹什麼？」

玉流星什麼話都沒說，只將手掌伸到胡歡面前，手指幾乎碰到他的鼻子上。

胡歡也什麼話都沒說，從懷裡取出在農舍中搶過來的那件棉襖，乖乖交在玉流星手上。

玉流星翻看了一下，狠狠往地上一摔，道：「姓胡的！你應該看得出來，我可不是在跟你開玩笑。」

胡歡笑笑道：「玉流星，妳也應該看得出來，我浪子胡歡不是個傻瓜，對妳這種女人，我會不防妳一手？經過整整一個上午，我還會把那件東西擺在身上？」

玉流星眼睛一瞪，道：「說！把它藏在哪裡？是不是山神廟？」

胡歡道：「妳一直都在我旁邊，我有時間藏嗎？」

玉流星想了想，猛一點頭：「嗯！你一定是轉給了秦十三！」

胡歡淡然道：「也許是秦官寶。」

玉流星死盯著胡歡，蹙眉咬唇，久久不語。

胡歡道：「好在這兩個人妳都認得，妳殺了我，可以去找他們談談，如果在秦官寶手裡，說不定他會連人帶那件東西通通送給妳，可是萬一在秦十三手裡，那可就麻煩了。」

玉流星冷哼一聲，道：「有什麼麻煩？我就不相信他有三頭六臂！」

胡歡淡淡一笑，道：「他的確沒有三頭六臂，他只不過是個出了名的胖猴子而已，而且是個標準的鐵公雞。妳就算連人都貼上去，他如果肯分給妳一成，已經算妳走運了。」

玉流星又想了想，突然冷笑道：「姓胡的，你少唬我！那件東西不可能在秦家叔侄手裡，也不可能藏在山神廟，鐵定還在你身上。」

胡歡笑笑道：「妳既然這樣有把握，為何不乾脆給我一刀？」

玉流星道：「我在考慮後果問題。」
胡歡道：「妳能夠想到後果問題，足以證明妳這個人還不算太笨，但好像也不算聰明，因為聰明人做事至少也會替自己留一條退路。」
玉流星道：「你是說我這樣做是自截退路？」
胡歡道：「不錯，妳不妨仔細想想，萬一失手給我一刀，而那件東西又不在我身上，妳豈不白忙了一場？」
玉流星沉默不語。
胡歡立刻接道：「所以我勸妳趕緊把刀收起來，這件事就只當沒發生過一樣。至於我答應妳的話，絕對算數，只要金子到手，一分都不會少妳的，就算妳死掉，我也會把它塞進妳的棺材裡。」
玉流星斜著眼睛想了半晌，才道：「好，我就相信你一次，不過你得記住，如果你敢跟我耍什麼花樣，你這輩子就別想再有好日子過。」說完，手起刀落，網上多了個洞。
多了個足可以使胡歡竄出來的洞。

山頂上有個小小的涼亭，由於年久失修，亭頂上的茅草早已剝落，亭柱也已腐蝕不堪，只有一張石桌和幾隻石凳依然保持完整。

胡歡舒坦地躺在石桌上，雖然時有冷風吹過，但陽光當頭而下，仍然有些溫暖的感覺。

他只希望玉流星遲一點上來，讓他能多休息一會。

也不知過了多久，他突然坐起來，環目四顧，山頂上冷冷清清，除了他之外，一個人都沒有。

玉流星呢？

以玉流星的腳程，落在他後面已是怪事，不可能過了這麼久還沒上來，莫非出了毛病？

他手掌輕輕在石桌一撐，人已躍出涼亭，走到來路上一瞧，不禁笑了起來。

原來玉流星正直挺挺的睡在距離不遠的斜坡上，睡得好像比他剛剛在石桌上還要舒服。

胡歡生怕嚇著她，輕聲喊道：「玉流星，還沒有休息夠嗎？」

玉流星沒有應聲，連動也沒動一下。

胡歡笑笑道：「怎麼？是不是走不動了？要不要扶妳一把？」

玉流星依然不動，鼻子裡卻已哼了一聲。

胡歡故意嘆了口氣，道：「女人嘛，就該乖乖在家煮飯抱孩子，何必在江湖上奔波？豈非自討苦吃！」

玉流星忽然叫起來，道：「放屁！都怪你方才蹬了我一腳，否則傷勢也不會發作得這麼快。」

胡歡怔了一下，道：「妳受傷了？」

玉流星道：「受傷了又怎麼樣？你高興是不是？」

胡歡道：「我為什麼要高興？」

玉流星道：「你現在可以獨吞了，再也不必擔心隨時會有人給你一刀了。」

胡歡又是一怔，道：「妳為什麼會隨時給我一刀？假如妳想殺我，剛才不就是個大好機會，妳為什麼沒有動手？」

玉流星狠狠道：「那是因為我還沒見到那件東西。只要東西到手，你還怕我捨不得宰你嗎？」

胡歡道：「我跟妳無怨無仇，妳真的下得了手？」

玉流星道：「我為什麼下不了手？你以為你真的那麼可愛？你要搞清楚，我是玉流星，可不是小翠花！」

胡歡詫異道：「妳連小翠花的事都知道？」

玉流星冷笑道：「我當然知道。老實告訴你，我是杜老大重金聘來殺你的殺手。」

胡歡不禁嚇了一跳，幸虧有那件東西保命，否則只怕腦袋早就不見了。他楞了半晌，才道：「所謂重金，究竟是多少？」

玉流星道：「三千兩。」

胡歡苦笑道：「想不到我浪子胡歡的頭居然值三千兩銀子，早知如此，我乾脆自己提去賣給他算了。」

玉流星突然嘆了氣，道：「三千兩銀子雖然不是小數目，但跟那批金子比起來又算得了什麼？只可惜我已經無法消受了。」

她一面說著，一面以手捶地，一副痛惜不已的模樣。

胡歡瞧她的舉動神態，一點都沒有受傷的樣子，可是那種悲痛的語氣卻又不像裝出來的，心裡不免有些奇怪，忍不住大步走了上去。

玉流星急忙滾出很遠，匆匆拔刀，疾聲道：「你想幹什麼？」

胡歡道：「我只想看看妳的傷勢。」

玉流星短刀亂揮道：「你走開，我不要你看！」

其實在她滾動時，胡歡就已發現她大腿後面的褲管上已有血跡滲出，她原來睡過的那塊枯草地上也有一片血痕。

胡歡撥取一撮枯草，輕輕嗅了一下，駭然道：「毒！妳中了毒？」

玉流星叫道：「中了毒又怎麼樣？」

胡歡道：「妳什麼時候跟唐門的人交過手？」

玉流星道：「為什麼一定是唐門的人？難道別人就不會用毒？」

胡歡想了想，忽然道：「難道是林劍秋？」

玉流星恨恨道：「對！就是那個殺千刀的死王八蛋！他把我害慘了，眼看就要到手的一百萬兩金子，就這樣泡了湯。」說完，竟已痛哭失聲。

胡歡怔怔地望著她，只感到這個女人既可恨又可憐。這些年來，他也曾經見過各式各樣的女人，但像她這種又貪心又狠毒的，卻還是第一次碰到。

過了很久，玉流星的哭聲才漸漸靜止下來。

胡歡這才嘆了口氣，道：「其實妳也不必太懊惱，就算妳有了那件東西，金子也沒有那麼容易就到手的，說不定最後連命都賠掉。」

玉流星猛一抬頭，道：「那是你笨，在我來說，一點都不困難。」

胡歡搖著頭，苦笑道：「妳以為五天之後，崇陽真的會安全嗎？妳以為跟神刀侯的生意就那麼好談嗎？」

玉流星道：「我為什麼要到崇陽？我為什麼要去找神刀侯？難道我就不會在田大姐家裡先躲個一年半載，等風平浪靜之後再慢慢去搬嗎？」

胡歡失笑道：「妳想得也太簡單了，妳以為江湖上都是死人？別說妳躲在田大姐家裡，就算妳挖個坑把自己埋起來，他們也會找到的。」

玉流星道：「你錯了，只要我把坑挖得深一點，把你的容貌先毀掉再埋起來，他們就永遠找不到了，因為他們的目標是你，而不是我。」

胡歡聽得倒抽了一口氣，驚愕之餘，也不禁奇怪，這女人為什麼會把這些話告訴他？她的目的是什麼？

玉流星已冷笑著道：「你一定覺得奇怪，我為什麼會把這些話告訴你。」

胡歡不得不服氣道：「我正想向妳請教。」

玉流星恨聲道：「我只想告訴你，我比任何人都聰明，只是運氣太壞罷了。」

胡歡呆了呆，道：「妳浪費了這麼多時間和精神，只是要告訴我妳是個聰明人？」

玉流星道：「不錯。」

胡歡嘆了口氣，道：「玉流星，如果妳這次真的死掉，妳知道自己是怎麼死的嗎？」

玉流星道：「當然是中毒死的。」

胡歡道：「錯了，是笨死的！」

玉流星居然沒生氣，只慘笑道：「你一定認為我該求你救救我，起碼也應該拜託你把我揹下山去，對不對？」

胡歡道：「對！到了山下，多少總有個活命的機會。」

玉流星搖首道：「就算你，你也未必辦得到，這條小路遠比你想像中要難走得多。」

胡歡道：「我可以趕到鳳鎮叫田大姐來救妳，只要多帶些人來，總會有辦法將妳弄下山。」

玉流星嘆道：「來不及了！我現在毒性已經散開，最多也只能再活個兩三個時辰，除了林劍秋的獨門解藥之外，神仙都救不了我，何必給連當歸和黨參都分不清的田大姐徒增麻煩？」

胡歡也不由嘆了口氣，道：「妳既然這麼說，我就是想幫妳也沒用了。」

玉流星搖搖頭，揮手道：「你走吧！你只要對田大姐說是我玉流星的朋友，她一定會好好接待你的。」

胡歡呆立了一陣，終於掉頭而去。

玉流星合上眼睛，眼角已溢出了淚珠。

日影偏斜，山風漸起。

昏睡中的玉流星突然被凍醒過來。

她勉強睜開眼睛，只覺得眼前人影晃動，仔細一看，立刻嚇傻了。

原來她身旁正站著四個人，每個人都身穿灰衣，就好像方才在山腰上殺死的那四個人復活了一樣。

她楞了一陣，剛想掙脫四人的包圍，卻發現早有四柄劍指在她的胸口。

站在她右首的是個刀疤大漢，他的劍比一般劍寬，卻也比較短，所以距離她也最近。他笑起來刀疤掀動，顯得格外恐怖。

玉流星立刻想起了這個人，這人是江湖上出名的快劍，人稱「閃電劍」姜十郎，也是「大風堂」裡有名的高手。

她對這個人印象深刻，因為他臉上那條刀疤，正是她兩年前的傑作。

姜十郎不但劍快，說起話來也快，他獰笑著道：「玉流星，還記得我吧？」

玉流星冷笑道：「你臉上那條疤越來越像閃電了，我看你乾脆叫『閃電疤』算了。」

姜十郎笑得更恐怖，道：「我那四個手下是不是妳殺的？」

玉流星道：「你錯了，不是四個，是八個。」

姜十郎怔了怔，道：「八個？」

玉流星道：「對，再加上你們四個，不正好是八個嗎？」

姜十郎驚慌四顧，見四周無人，才鬆了口氣，道：「妳死到臨頭，居然還敢吹大氣。說！那個姓胡的呢？在什麼地方？」

玉流星眼睛一翻，道：「怪了，他又不是我兒子，他在哪裡，關我屁事？」

姜十郎笑了笑道：「那小子難纏得很，妳不是他的對手，我看八成是被他甩了吧？」

玉流星道：「你管得著嗎？」

姜十郎突然臉色一沉，道：「我當然管不著，不過妳殺了我們的人，我就得把妳的頭帶回去交差。這是我們大風堂的規矩，我想妳也該知道。」

玉流星一副滿不在乎的調調道：「請！反正姑奶奶已經活不了多久，有頭沒頭還不是一樣。」

姜十郎聽得微微一怔，從上到下重新打量她一陣，突然在她大腿上面按了一下。只痛得玉流星悶哼一聲，眉眼口鼻整個擠在一起。

姜十郎看了看手上的血色，恍然道：「難怪妳老老實實的躺在這裡，原來是中了毒。」

玉流星狠狠道：「如非你姑奶奶中了毒，早就把你們這群王八羔子給宰了，還輪得到你們在這兒耀武揚威。」

姜十郎突然還劍入鞘，慢慢蹲下來，唉聲嘆氣道：「那小子哪一點比我強？妳為他殺人拚命，他照樣在妳身上下毒手，妳玉流星也未免太沒眼光了，怎麼會看上這種無情無義的人！」

玉流星道：「姑奶奶喜歡他，就是看不上你，你能怎麼樣？」

姜十郎又嘆了口氣，道：「妳雖對我不仁，我卻不能對妳不義，妳這個仇，我替妳報。妳儘管放心，就算他長出翅膀，也飛不出我們的掌心。」

玉流星叫道：「你他媽的又不是我孫子，要來盡什麼孝心！」

姜十郎隨她叫罵，絲毫不以為憾，隨手將劍往地上一插，色瞇瞇笑道：「我知道妳嘴上講的雖狠，心裡卻一定很感激我，一定想在沒死之前好好回報我一次，對不對？」

玉流星狠狠啐了一口，道：「放屁！我憑什麼要回報你？」

姜十郎不再理她，朝那三名手下一擺頭，道：「你們在上面守著，我要跟玉流星好好話話別情。」

那三人立刻收劍，嘻嘻哈哈地往上走去。

同時，姜十郎的手指已經觸在玉流星的衣襟上。

玉流星又驚又急，雙手一陣亂推，只可惜她已力道全失，對姜十郎根本不構成威脅。

姜十郎動作極快，轉眼已將玉流星鈕釦全部解開，裡面透出一件大紅肚兜，肚兜上繡的是一幅鴛鴦戲水圖。

玉流星破口大罵道：「你這個不得好死的王八蛋！你竟敢趁你姑奶奶之危！你他媽的是人還是畜牲！」

姜十郎笑嘻嘻道：「是人還是畜牲，少時即知分曉！」

玉流星氣得幾乎暈過去，兩手四處亂抓，只希望能抓到她那柄短刀，可是那柄短刀早已被人拋在一丈開外。

姜十郎手指蜿蜒而下，終於停在她的腰間。

玉流星只覺小腹一涼，淚珠頓時如雨水般的灑了下來。

就在這時，遠處忽然傳來三聲慘叫。

姜十郎反應奇快，抓劍騰身一氣呵成，閃電般朝山頂掠去。

玉流星也急忙連滾連爬的滾向那柄短刀。

一陣兵器交鳴過後，四周一片沉寂。

玉流星費盡全身力氣，總算將那柄短刀抓在手裡，刀身一橫，雪白的頸子已湊了上去。

突然間，背後伸出一隻強而有力的手，手指就像一把鉗子，適時將刀夾住。

玉流星回首一看，竟是胡歡去而復返，一時彷彿見到親人一般，往他身上一撲，竟然嚎啕大哭起來。

胡歡稍許遲疑了一下，終於將她擁入懷裡，輕撫著她零亂的頭髮，動作自然而熟練。

在他來說，這是經常有的場面，卻沒想到會用在玉流星身上。

玉流星哭了很久，突然掙出他的懷抱，瞪著淚眼道：「你又回來幹什麼？」

胡歡苦笑著道：「送點吃的給妳，免得妳死後變成餓鬼。」說著，從懷中取出一個小包，小包打開，裡面全都是藥草。

玉流星感動得眼淚又淌下來，嗚咽著道：「原來你是去替我採藥的。」

胡歡嘆道：「我知道這些藥草救不了妳的命，但至少可以使妳多活幾天，只要有時間，就有機會，要活命的話，就趕快吃吧！」

沒等他說完，玉流星已抓起一把藥草，和著眼淚吞了下去。

二

兩人越過山頂，沿路而下。

玉流星伏在胡歡背上，她的背上除了那柄短刀之外，又多了一把劍。

姜十郎那把閃電快劍。

烏黑的劍穗不停的在她眼前搖晃，不由勾起她心中一個莫大的疑團。

姜十郎在江湖上是個出了名的狠角色，他的三十六閃電劍法快捷辛辣無比，一般武林人物絕非他的敵手，想要三招兩式擊敗他，縱是一流高手，只怕也不太容易，而胡歡只不過是關洛道上的一個小人物，他怎麼可能輕而易舉的將鼎鼎大名的「閃電劍」姜十郎致於死地？他是怎麼做到的？

如果他真是深藏不露的高手，又何必被「飛龍閣」追得如此狼狽？

玉流星越想越奇怪，忍不住敲敲他的頭，道：「喂！我想問你一件事。」

胡歡縮頭叫道：「玉流星，在妳沒死之前，我總算是妳的救命恩人，妳就不能對我客氣一點？敲人家的頭是很不禮貌的事，難道妳連這點規矩都不懂？」

玉流星噗嗤一笑，道：「那麼我怎麼招呼你呢？」
胡歡道：「妳可以拍我的肩膀啊！」
玉流星道：「我要拍你的肩膀，就得先把手鬆開，你不是交代過我不能鬆手嗎？」
胡歡道：「妳可以頂頂我的背。」
玉流星寒聲道：「拿什麼頂？」
胡歡咳了兩聲，道：「妳可以夾夾我的腰。」
玉流星道：「我腿上有傷，難道你忘了？」
胡歡想了想，道：「妳就算彎下身子去拍拍我的屁股，也總比敲頭好。」
玉流星尖聲道：「咦！我一個女人家，你竟叫我拍你的屁股，你是不是想勾引我。」
胡歡急忙道：「不敢，不敢。」
玉流星順水推舟道：「所以想來想去，我認為還是敲頭最理想。」
胡歡無可奈何道：「好吧！就算妳敲得對。什麼事？妳問吧！」
玉流星道：「我是想問問你學的是哪一派功夫，你的師父是誰？」

胡歡道：「我沒有師父，所有的功夫都是自己學來的。至於門派，那就得看是哪一種功夫了。」

玉流星道：「你會的功夫好像還不少。」

胡歡道：「雜得很，凡是短兵刃，幾乎都練過幾天。」

玉流星詫異道：「為什麼只練短的不練長的？」

胡歡道：「兵刃太長，逃起命來不方便。」

玉流星失笑道：「你這個人倒也真怕死，好像隨時隨地都準備著逃命。」

胡歡道：「對，我這個人一向把命看得很重要，只要情況不對，我比誰逃得都快。」

玉流星道：「那麼方才你為什麼不逃呢？姜十郎的閃電劍也並不好對付啊！」

胡歡道：「我本來是準備開溜的，可是那傢伙劍法雖快，腦筋卻慢得很，他一看三個人躺在地上，只有他一個手下靠在涼亭邊，他就放了心，竟想從我身上飛越過去，我一招『分花拂柳』就解決了問題。」

玉流星想了想，道：「『分花拂柳』不是山西顧家的刀法嗎？」

胡歡道：「是啊！」

玉流星道：「你不磕頭拜師，顧老頭怎麼會把功夫白白傳給你？」

胡歡道：「我也沒說他白白傳給我，我整整替他洗了一年的馬。」

玉流星一楞，道：「原來你是去偷學的。」

胡歡道：「也可以這麼說吧。」

玉流星道：「偷學人家的功夫是武林大忌，被人發現了可不得了啊！」

胡歡道：「所以我才被人家吊在屋樑上兩天兩夜，幸虧秦十三把我救下來，否則早就沒命了。」

玉流星道：「秦十三怎麼曉得你出了事？」

胡歡道：「他事先當然不曉得，他第一天被調到太原府就去看我，本以為我在顧家一住經年，早就登堂入室，誰知我爬得竟比他想像的還要高得多，居然上了屋樑。」

玉流星聽得「吱吱咯咯」的笑了起來，笑得前仰後合，兩人差點同時栽下山去。

胡歡驚魂乍定道：「玉流星，幫個忙好不好？妳已經是活不久的人，摔下去也無所謂，我可不一樣，我還要活命啊！」

玉流星笑道：「我看你這種人的命也不會太長，死掉也沒什麼可惜。」

胡歡忙道：「誰說的？去年我才算過命，那位算命的先生說，我這個人不但長壽，而且嬌妻美妾一大堆，我若現在一死，我那些未過門的老婆們怎麼辦？」

玉流星道：「她們可以另外去嫁人呀！」

胡歡哼了一聲，道：「妳說得可倒輕鬆！妳為什麼不替她們想一想，像我這麼好的男人到哪兒去找？」

玉流星又是「噗嗤」一笑，道：「我發現你這人的臉皮真厚，恐怕連刀都砍不破。」

胡歡道：「妳這女人的膽子倒也不小，妳就不怕我把妳扔到山溝裡去？」

玉流星道：「那倒不會，因為你這人的心地也比一般人善良得多。」

胡歡滿意的點點頭，道：「嗯！這還差不多。只可惜妳玉流星已經是個快死的人，如果妳能活得久一點，妳就會發現我這個人的長處多得不得了，妳扳著腳趾頭算都算不清。」

玉流星悄悄從後面打量他半晌，忽然道：「喂！姓胡的，你究竟有多少女人？」

胡歡道：「妳問的是哪一年？哪個月份？」

玉流星道：「當然是現在。」

胡歡道：「現在趕著逃命都來不及，哪裡還有心情找女人？」

玉流星道：「聽說小翠花待你不錯，你為什麼不帶著她一起跑？」

胡歡嘆了口氣，道：「她跟妳不一樣，妳一個人吃飽，全家不餓，而她家卻有一十八口，全部都在靠她養活。」

玉流星道：「那麼多人就靠她一個？」

胡歡道：「嗯，我說的還只是現在，過了年恐怕就變成二十四口了。」

玉流星愕然道：「怎麼增加得這麼快？」

胡歡道：「因為她三個嫂嫂都已懷了身孕。」

玉流星道：「就算她三個嫂嫂每人生一個，也不過才二十一而已，哪兒來二十四口？」

胡歡道：「如果都是雙胞胎呢？妳算算應該是多少？」

玉流星被他逗得又是一陣銀鈴般的嬌笑，好像早將死亡的威脅拋諸腦後。

山路越走越險，玉流星的手臂也越抱越緊，冰冷的臉頰整個依偎在胡歡的頸子上。

也不知走了多久，玉流星忽然道：「喂！姓胡的，你能不能幫我一個忙？」

胡歡小小心心道：「我想應該沒問題，什麼事？妳姑且說說看。」

玉流星道：「這幾天你暫時冒充我老公怎麼樣？」

胡歡嚇了一跳，立刻停下腳步，迷惑的看著玉流星，道：「妳是純粹為了好玩，還是想在臨死之前開開洋葷？」

玉流星笑臉含春道：「你所說的開開洋葷，是什麼意思？」

胡歡乾笑著道：「所謂開洋葷嘛，就是……就是……」

玉流星沒容他說出來，就突然狠狠地在他耳朵上咬了一口。

只痛得胡歡齜牙咧嘴，大叫道：「玉流星，妳有沒有搞錯？我是妳的救命恩人，可不是妳老公，妳怎麼可以隨便咬我？」

玉流星咬牙切齒道：「你這個死不要臉的死狐狸！我才不管你是誰，只要你再敢胡說八道，看我不把你的耳朵咬下一隻來才怪！」

胡歡忙道：「好，好，我不說，但妳也總該把妳的理由說給我聽聽！」

玉流星道：「那是因為田大姐一再逼我嫁人，我才不得不出此下策。」
胡歡恍然道：「哦！原來妳這樣做，只是為了應付田大姐。」
玉流星道：「對，事情就這麼簡單，肯不肯，一句話。」
胡歡道：「既然是妳玉流星開口求我幫忙，那還有什麼話說。」
玉流星道：「你的意思是說，你答應了？」
胡歡道：「妳已經是個快死的人，我還能忍心回絕妳嗎？」
玉流星抱得他更緊，嗲聲嗲氣道：「那麼從現在開始，我們的關係已經不同了？」
胡歡暈陶陶道：「當然，從現在開始，我已經是妳玉流星的老公了。」
玉流星再也不說什麼，只對準他的耳朵又是一口咬了下去。

三

田大姐是個標準的江湖人。

她今年雖然只有三十幾歲，但至少已在江湖上混了二十多年，幾乎從懂事的時候開始就已在江湖上打滾兒，直到現在仍然跳不出這個圈圈。

她的手下眾多，她死去的丈夫沒留下太多田產，卻給她留下了兩百幾十名忠實的弟兄。為了這批人的生計，她什麼生意都做，只要能賺錢，殺頭的生意都要插上一腳。

所以她很忙，除了手下之外，根本沒機會交朋友，她唯一的朋友就是玉流星。

現在玉流星就躺在她經常靠在上面想賺錢點子的軟榻上。

當她看到玉流星那副狼狽的模樣時，心痛得跳了起來，瞪著軟榻旁邊老老實實坐著的胡歡大聲問道：「誰？是誰把她傷成這個樣子？我去找他算賬！」

不待胡歡回答，玉流星已搶著道：「還有誰，還不是林劍秋那個該死的老烏龜。」

田大姐猛的一拍茶几，大喊道：「來人哪！」

胡歡楞楞地瞧了玉流星一眼，他簡直已被田大姐的氣勢給唬住了。

玉流星笑笑道：「你放心，我大姐是個很識時務的人，她不會真的去找林劍秋拚命的。」

田大姐嘆了口氣，道：「不錯，別的人我或許還可以跟他鬥鬥，唯獨神衛營的人我可不敢惹。」

這時已有四名大漢分從兩個門擁進來。

田大姐大聲吩咐道：「趕緊把鎮上的大夫都給我叫來，誰敢遲來一步，以後就甭想在鎮上混了。」

四名大漢立刻應命而去。

田大姐這才有時間打量胡歡。

胡歡裝得一副又笨又蠢的樣子，連玉流星看了都覺得有點好笑。

田大姐蹙眉道：「這……就是妳自己選的男人？」

玉流星道：「是呀，妳看怎麼樣？」

田大姐只得點頭道：「嗯，還算不錯，看起來蠻忠厚的。」

玉流星瞟了胡歡一眼，忍笑道：「我就是看他忠厚老實，所以才嫁給他的。」

田大姐道：「嫁個這種男人也好，起碼可以規規矩矩的跟他過太平日子。」

玉流星嘆道：「我原本也是這麼想，只可惜我已經活不了幾天了。」

田大姐急著道：「妳在胡扯什麼！鎮上幾個大夫的醫道都不錯，像妳這點小傷，保證藥到病除。」

玉流星搖頭道：「沒有用的，我中了林劍秋的毒藥暗器，沒有他的獨門解藥，神仙也救不了我。」

經過三個大夫的會診之後，田大姐才知玉流星所言不假，難過得她眼淚都掉了下來。

在田大姐的威逼之下，三個大夫只有各盡所能，死馬當作活馬醫，直忙到深夜才倦極而去。

到了第二天，玉流星的精神居然好多了。

田大姐也許由於玉流星已命不長久，對她更加親切體貼，凡事都自己動手，照顧得幾乎到了無微不至的地步，連在一旁的胡歡都大受感動。

當晚，田大姐突然將她出嫁時所穿的衣裳都找出來，把玉流星打扮得像新娘子一樣，也硬逼著胡歡換上一套很體面的衣服，竟替兩人大辦喜事，直鬧到起更時分，才將兩人送回客房。

當然，這時的客房早已佈置得像洞房一般，猩紅的地毯、鮮紅的被子、紅彤彤的爐火以及桌上一對大紅的喜燭，將房裡點綴得喜氣洋洋、溫暖如春。

火爐旁邊擺著一張小圓桌，桌上是幾樣精緻的小菜和一罈尚未開封的女兒紅。玉流星面色紅紅的坐在桌前，垂著頭，表現得真像個新娘子一般。

胡歡呆望了她一陣，忽然道：「玉流星，給我親一下好不好？」

玉流星不僅沒生氣，居然還把嫣紅的面頰送上來。

胡歡受寵若驚之餘，小心翼翼湊上去，誰知尚未嗅到香味，玉流星的巴掌已橫掃而至，幸虧胡歡早有防備，急忙一閃，才算沒有當場出醜。

玉流星笑瞇瞇道：「怎麼樣？要不要再親一下？」

胡歡搖頭嘆氣道：「算了，算了，幸好我只是客串幾天，如果真討了妳這種老婆，妳叫我夜間怎麼敢跟妳上床？」

玉流星臉孔一冷，道：「你只管放一百二十個心，就算你把我的腦袋割下來，我也絕對不會真的嫁給你這種人。」

胡歡「叭」的一聲將酒封拍開，興高采烈道：「好！就衝妳這句話，我也得好好敬妳一杯。」

說著，很快將酒杯注滿，然後從懷中取出一副銀筷，在酒杯裡試了試，才把酒杯高高舉起。

玉流星橫眉豎眼道：「你這是幹什麼？」

胡歡道：「害人之心不可有，防人之心不可無。我這樣做，總沒做錯吧？」

玉流星道：「錯了。你可以懷疑天下的人，就是不能懷疑田大姐。」

胡歡道：「妳為什麼這樣相信她？」

玉流星道：「她曾經為了救我而賣過她自己，你想，這種人還會回頭來害我嗎？」

胡歡整個楞住，楞了很久，突然舉杯道：「這杯酒是我向田大姐道歉的，從今以後，如果我再懷疑她，我就是妳生的。」說完，一飲而盡。

然後又倒了杯酒，又把杯子舉起，道：「這杯是敬妳的，希望妳早一點得救，如果實在沒救，就請妳早一點歸西，千萬不能耽誤了我的大生意。」
玉流星沉吟著道：「你在山腰說的話還算不算數？」
胡歡道：「當然算數。」
玉流星道：「你說就算我死掉，也要把我那份塞進我的棺材裡，是真的嗎？」
胡歡道：「當然是真的，不過現在想起來，真有點怕。」
玉流星道：「怕什麼？」
胡歡道：「萬一妳老姐不甘寂寞，到時候一把將我抓住，硬叫我再陪妳幾天，那我可就慘了。」
玉流星道：「我倒有個兩全其美的辦法，你要不要聽聽？」
胡歡道：「什麼辦法？妳說！」
玉流星道：「如果你真有誠意的話，你就把我那一份送來給田大姐吧！」
胡歡道：「妳是想用這批金子回報她過去對妳的恩惠？」
玉流星道：「不錯。」
胡歡道：「好，妳安心去死吧！妳這個願望，我一定替妳達成。」說著，兩人相顧舉杯，同時將酒喝了下去。

爐火漸盡，紅燭也已燃燒過半。

遠處傳來斷斷續續的梆鼓聲。

玉流星只覺得很疲倦，接連打了幾個呵欠，身子一陣搖晃，突然栽倒在地上。

胡歡停杯唇邊，楞楞地望著她，道：「妳這麼快就要死了？」

玉流星也正在望著她，目光中充滿了驚異之色。

胡歡放下酒杯，繞著桌子爬到她跟前，道：「妳是不是還有什麼遺言？」

玉流星吃力地道：「我……好像中了毒。」

胡歡道：「我知道妳中了毒。」

玉流星急道：「不是那次，是……現在。」

胡歡道：「哦？」

玉流星手臂顫抖的指著他身後，道：「那兩枝蠟燭好像有毛病。」

胡歡愕然回顧，這才發現兩枝紅紅的喜燭竟在吐著藍色的火焰，四周也早已藍煙彌漫，喜氣全消，整個房裡充滿了一股詭異氣氛，不由驚叫道：「咦！這是怎麼回事？」

玉流星好像已連說話的力氣都沒有，眼睛也已合起來。

胡歡的身子也開始搖晃，也緩緩地躺了下去。

就在這時，忽然傳來大廳裡田大姐尖銳的叫聲，道：「這算什麼！明明講好五千兩，怎麼變成了四千五？」

只聽有個男人笑著道：「那五百兩，就算田大姐賞我們弟兄的吧！」

田大姐厲聲道：「不成，少一兩你們也休想把人帶走！」

胡歡終於明白是怎麼回事了，他用盡最後的力氣，扭頭看了玉流星一眼。

玉流星眼角已沁出淚珠。

四

胡歡漸漸甦醒過來。

他也不知昏睡了多久，也不知身在何處，只覺得自己正跟另外一個人面對面的緊綁在一起，只憑那股淡雅的髮香，就知道那人是玉流星。

然後，他又發覺正躺在一輛急馳的馬車上，厚厚的車簾不停的擺動，車外已現曙光。

他扭頭看了看，只見玉流星正在埋首哭泣，不禁訝然道：「咦！妳還沒有死？」

玉流星哭著道：「都是你害我的！當初你叫我死在山上就好了，那時候死，至少心裡還有個親人，現在什麼都沒有了，死得好寂寞啊！」

說著，哭得更加傷心。

胡歡想了想，道：「那麼我看妳還是先不要死吧，等將來有了親人之後，慢慢再死也不遲。」

玉流星眼睛一瞪，道：「你以為你是誰！你叫我不死，我就可以不死？」
胡歡道：「我當然沒有辦法叫妳不死，除非妳自己想活下來，多少還有點希望。」
玉流星道：「我不但中毒已深，而且又被綁得這麼緊，還有什麼希望可言？」
胡歡道：「妳中的這點毒算得了什麼！老實告訴妳，我最少有十次中毒比妳更深、情況比妳更慘的經歷，但我都活過來了，因為我自己想活。」
玉流星道：「真的？」
胡歡：「當然是真的。」
玉流星道：「我現在真的不想死了，你趕緊想個辦法吧！」
胡歡道：「妳的牙齒能不能咬到繩子？」
玉流星道：「咬不到，如果能咬到，我早就把它咬斷了，還等你來教我！」
胡歡道：「手呢？」
玉流星道：「手綁得更緊，連動都不能動。」
胡歡道：「好吧，我們用腳，繩頭一定在腳上，我的靴子被綁住了，沒法動，妳把鞋子脫掉，用腳趾解解看！」
玉流星道：「我的腳早就不是我的了，連一點知覺都沒有，否則我早就動腦筋了。」
胡歡嘆了口氣，道：「玉流星，告訴妳一個好消息，妳死得再也不寂寞了。」
玉流星道：「為什麼？」
胡歡道：「我雖然是妳的假老公，看樣子卻真的做了妳的同命鴛鴦了。」
玉流星一聽又垂下頭，又開始傷心流淚。
馬車速度漸漸緩慢下來，路面越走越顛簸。又過了一會兒，已可聽到車外的流水聲，顯然已到了江邊。
只聽有個人大聲道：「竹筏準備好了沒有？」
遠處立刻有人答道：「回香主，都已準備妥當。」
然後是一陣人吼馬嘶，馬車已向江邊馳去。
玉流星驚惶的抬起頭，正好胡歡也想低頭望她，兩人的嘴唇剛好碰在一起。
胡歡急忙低聲叫道：「玉流星，妳怎麼可以偷偷親我的嘴？」

玉流星氣急敗壞道：「你這個死不要臉的死狐狸！你佔了人家的便宜，還敢倒打一耙，我跟你拚了！」說著，頭撞腳蹬，鬧得不可開交。

胡歡突然大喜道：「玉流星，妳的腿能動了，我們有救了！」

玉流星試了試，道：「咦！真的能動了。」

胡歡道：「趕快找繩結在什麼地方。」

玉流星卻低著頭，動也沒動。

胡歡道：「快啊！再遲就來不及了。」

玉流星忽然有氣無力道：「想來想去，我乾脆還是死掉算了。」

胡歡怔了怔，道：「方才不是講得蠻好嘛，怎麼又變卦了？」

玉流星冷哼一聲，道：「姓胡的，你未免聰明過度了。你想利用我逃命，門兒都沒有。」

胡歡發急道：「妳在胡扯什麼！逃命是兩個人的事，怎麼能說我在利用妳？」

玉流星不慌不忙道：「你能不能告訴我，繩子解開之後，你打算怎麼逃？」

胡歡道：「當然是見機行事，妳想，憑這些人還能攔得住我們嗎？」

玉流星道：「攔不住你，卻可以攔住我。我現在連走路都吃力，還有能力逃命嗎？」

胡歡忙道：「我可以揹妳，就跟前天下山的時候一樣，我這兩條腿可比妳想像的管用得多。」

玉流星嘆道：「前天我多少還有點利用價值，現在一點都沒有了，你憑什麼還要揹我？」

胡歡道：「難道妳連同舟共濟、患難相助的道理都不懂？」

玉流星道：「好吧，就算你肯揹我，那麼脫險以後呢？」

胡歡道：「脫險以後就安全了。」

玉流星道：「你安全了，而我還是非死不可，因為以我現在的能力，不可能從林劍秋手上拿到解藥。」

胡歡道：「我可以幫助妳。」

玉流星道：「這次又為什麼？是同舟共濟，還是患難相助？」

胡歡道：「如果算這次妳幫我脫險的交換條件，妳可以接受嗎？」

玉流星道：「可以，不過，你得給我一點保證。」

胡歡道：「妳要什麼保證？」

玉流星道：「我要那件東西，只要你把那件東西交給我保管，我馬上動腳。」

胡歡道：「好，妳趕快把嘴湊上來。」

玉流星已將嘴送到一半，又縮回，道：「你要我把嘴湊上去幹什麼？」

胡歡道：「我好吐給妳啊！」

玉流星狠狠地啐了一口，道：「你少跟我鬼扯淡！那件東西最怕水，你不可能含在嘴裡。」

胡歡道：「那麼妳看我可能藏在什麼地方呢？」

玉流星道：「當然是藏在懷裡。」

胡歡道：「嗯！果然聰明，一猜便中。」

玉流星大喜過望道：「真的在你懷裡？」

胡歡道：「是啊，妳趕快拿去吧！」

玉流星掙了幾下，又停下來，楞楞地看著胡歡。

胡歡長嘆一聲，道：「現在妳該知道自己有多聰明了吧？妳想想看，除非那東西含在嘴裡，否則我縱然想交給妳，也是繩子解開以後的事，妳說對不對？」
玉流星道：「你能發誓在繩子解開之後，馬上把那件東西交給我嗎？」
胡歡道：「不能。」
玉流星道：「為什麼？」
胡歡道：「因為那件東西也許根本就不在我身上。」
玉流星全身一顫，道：「啊呀！糟了。」
胡歡道：「什麼事？」
玉流星道：「你不會把它藏在那套舊衣服裡面吧？」
胡歡搖頭苦笑道：「如果妳再拖下去，藏在哪裡都是一樣，反正馬上就要變成別人的東西，妳又何必替人家瞎操心呢！」
玉流星雖然一副心不甘情不願的樣子，但最後還是將鞋子脫下來。
這時天色已明，車廂裡的亮度也增加不少。
兩人費了九牛二虎之力，終於把繩子掙開，玉流星早已累得香汗淋漓，脫水般的躺在胡歡身邊。
胡歡不停地活動著手腳，突然看了玉流星一眼，道：「玉流星，妳的腳好臭啊！」

玉流星立刻爬起來，道：「你胡說！昨晚剛剛洗過，連地都還沒沾，怎麼會臭？」

胡歡道：「既然不臭，又何必晾在外面吹風？難道妳想光著腳板讓我揹妳跑路？」

玉流量急忙將鞋穿起，道：「現在就要走嗎？」

胡歡從車簾縫隙朝外瞧了瞧，道：「快了，好戲馬上就要登場了。」

玉流星楞楞道：「什麼好戲？」

胡歡笑了笑，道：「現在竹筏已到了江心，妳還怕金玉堂的爪牙不出現嗎？」

說話間，只覺得竹筏已開始在江心打轉。

突然有人怪聲驚叫道：「不好！水裡有人……」語聲未了，人已「噗咚」一聲落入水裡。

慌亂聲中，那個被稱為香主的人喝道：「下面可是五龍會的弟兄？」

對方一點回音都沒有，只有湍急的流水聲。

片刻之後，忽然接連幾聲慘叫，又有幾個人被拖下水去。
那位香主又大叫道：「在下錦衣樓第七樓座下劉青，請彭老大出來答話！」
水裡依然一點聲息都沒有。
劉青立刻回首喝道：「快把車上那兩個人架住！他們再不露面，我們就給他來個玉石俱焚。」
話剛說完，一個持劍大漢已衝進車廂。
胡歡出手極快，剎那間已將那人全身穴道封住。
胡歡將車簾往上一挑，人已坐上車轅，笑嘻嘻道：「劉香主，報告你一個不太好的消息，你這一招失靈了。」
同時又是兩聲慘叫，竹筏上僅餘的兩名手下，也已被人套入水中。
劉青驚愕的看看胡歡，又看了看水裡，突然騰身掠起，寬大的衣袖連連揮動，足尖在江面上輕輕一點，人已縱上對岸。
胡歡不禁倒抽一口冷氣，道：「想不到錦衣樓一個小小的香主竟有如此功力，真是太可怕了！」
玉流星道：「那劉青人稱『金翅鵬』，輕功的確有點火候。」

胡歡道：「比妳怎麼樣？」
玉流星鼻頭一聳，道：「差遠了。」
胡歡哈哈一笑，對著水中大喊道：「現在錦衣樓的人已經走了，你們這群膽小怕事的傢伙可以上來了吧？」
水裡依舊沒有人應聲。
胡歡道：「咦！這群傢伙的膽子也未免太小了，好像連我都怕！」
玉流星道：「也可能是怕我。」
胡歡道：「對，妳玉流星是江湖上出了名的狠角色，他們怕妳，也是應該的。」
玉流星笑笑道：「現在我們怎麼辦？總不能這樣跟他們耗下去呀！」
胡歡考慮了一下，道：「我看這樣吧，他們既然不敢上來，我們乾脆把馬車趕到水裡找他們算了。」
玉流星驚叫道：「你要下水？你瘋了！」
胡歡道：「妳放心，我只是隨便說說，他們不敢讓我下去的。」
玉流星道：「為什麼？」

胡歡道：「因為金總管要的那件東西就在我懷裡，我一下水，那東西馬上泡湯，他們回去怎向金總管交差？」

玉流星呆了呆，道：「原來你又在騙我，你不是說那件東西不在你身上嗎？」

胡歡苦笑道：「玉流星，妳就不能偶爾聰明一次？」

玉流星好像知道自己說錯了話，連身子都擠到車廂角落裡去。

胡歡大笑道：「五龍會的弟兄們，我可是把實話告訴了你們，如果你們再不上來，我可真的要下去了。」說完，已將轠繩緊緊勒在手裡。

健馬驚嘶中，突然有條黑影從水中躥起，剛好攔在馬車前。

那人身材瘦小，漆黑的水靠不斷滴著水，臉上卻沒有一絲寒意，只含笑望著胡歡，道：「浪子胡歡果然是個厲害角色。」

胡歡忙道：「好說，好說，還沒請教貴姓大名？」

那人道：「在下彭中。」

胡歡道：「原來是彭大哥，幸會、幸會。」

彭中道：「不敢！這次我們弟兄也是奉命行事，想請胡老弟隨我們走趟崇陽，不知胡老弟肯不肯賞我個面子？」
胡歡毫不思索道：「沒問題，既然是彭大哥開了口，縱是火坑刀山，我也要陪你走一趟。」
彭中沒想到他答應得如此乾脆，不禁怔了一下，才道：「多謝賞臉。」
胡歡道：「不必客氣，那麼就請趕緊靠岸吧。」
彭中立刻喝道：「來人哪！」
應諾聲中，又有兩人自水中躥起。
彭中道：「替我把這兩人綁起來！」
胡歡臉色一變，道：「且慢。」
彭中道：「胡老弟還有什麼吩咐？」
胡歡冷冷道：「你未免太不上路了！我已賞足你面子，你居然還要動手綁人，你這幾十年的江湖是怎麼混的！」
彭中笑笑道：「胡老弟，請你不要忘了兩位是在我們手裡。」
胡歡道：「我看你大概是被江水泡暈了頭，把事情整個顛倒了。事實上，不是我在你們手裡，而是你們在我手裡。」

五龍會弟兄聞言相顧大笑，彭中更是笑得前仰後合道：「這傢伙也真會說話，在水中他居然敢說五龍會的人在他手裡，真是可笑極了！」

胡歡冷笑道：「你們原來的確是在水中，可是現在已經被我逼上來了，而我卻一直都坐在馬車上，連一滴水都沒沾到，你敢說我在你們五龍會手裡嗎？」

彭中臉孔也漸漸拉下來，冷笑著道：「看樣子不給你喝幾口水，你是不會服氣的。」

胡歡冷哼一聲，道：「不瞞你說，我早就想下去洗個澡，只可惜你們金總管實在太想不開，連日勞師動眾，食不下嚥，睡不安穩，眼巴巴的在盼著那件東西。我只是可憐他，不好意思把那東西毀掉，所以才沒下去。」

彭中當場楞住，半晌沒講出話來。

胡歡道：「我想你心裡一定很不服氣，要不要我告訴你，金總管想的究竟是什麼東西？」

彭中道：「正想請教。」

胡歡道：「其實也沒什麼大不了的，只不過是一張小小的藏金圖而已。就算按圖把金子搬回來，也不過是一百多萬兩，最多也不會超過兩百萬兩，所以只要你彭老大敢擔保你們金總管不會抹脖子上弔，我馬上自己跳下去。你不是想叫我喝水嗎？好，到時候你叫我喝多少，我就喝多少，你看怎麼樣？」

彭中臉色青一陣，紅一陣，垂著腦袋，又是半晌沒有吭聲。

胡歡得理不饒人道：「所以你不必再浪費時間，你根本就沒有第二條路可走，因為我只給了你一條。」

彭中突然抬起頭，手臂朝江邊一揮，大聲喝道：「靠岸！」

五

彭中端坐車轅，手揮馬鞭，雖然手法不太熟練，卻也能循規蹈矩的讓馬車平平穩穩的奔馳在官道上。

五龍會的弟兄們都已脫掉水靠，跟隨在馬車四周，看上去與一般行人並沒有什麼差別。

車簾低垂，車裡安安靜靜。

彭中每走一段路，總要撩起簾角，跟裡面的人聊上幾句，明是聊天，其實是在監視，車廂裡面的胡歡和玉流星當然清楚得很。

這時太陽早已高高升起，路上行人越來越多，彭中也益發小心，索性朝後挪了挪，將車簾整個坐住。

突然間，身後響起一陣隆隆之聲，只見一列篷車浩浩蕩蕩疾駛而來，少說也有三十輛以上。

路上行人紛紛閃避，彭中也急忙將馬車趕到路旁。現在在他看來，車裡的人比什麼都重要，所以他寧願讓路，也不願冒一點危險。
轉眼車隊已到近前，一時輪聲雷動，蹄聲震天，一輛接著一輛的飛馳而過。
每輛車的車伕都很剽悍，每個車伕的駕馭功夫都極高明，高明得就如同五龍會弟兄們在水裡的身手一樣。
三十幾輛篷車終於全部過去，只留下了滿天灰塵，直到車隊去遠，灰塵才逐漸消失。
彭中吐了口氣，滿臉含笑地又將簾角掀起。誰知往裡一瞧，他臉上的笑容整個凍結住。
車廂裡的光線已比原來明亮得多，因為篷頂上已多了個大洞，被他看得比命還重要的兩個人卻已蹤影不見，只剩下那名錦衣樓手下還直挺挺的躺在那裡。
彭中楞了很久，才拍開那人穴道，大聲問道：「那兩個人呢？」
那人道：「被人救走了。」
彭中道：「被什麼人救走的？」
那人道：「我沒見到人，只看到一條鞭子。」
彭中也不多問，一把將那人摔出車外，抖韁鞭馬，大喝道：「弟兄們，追！」

呼喝聲中，馬車飛快地衝出，剛剛衝了幾步，那匹馬竟忽然失蹄栽倒，原來不僅人已被救走，連馬都被人動了手腳。

彭中幾乎從車上翻下來，幸虧他身手不錯，腰身一擰，已平平穩穩的落在車旁，遙望著遠去的車隊，不禁咬牙切齒道：「『蛇鞭』馬五，除非你永遠不再過江，否則我一定叫你好看！」

× × ×

「蛇鞭」馬五正橫躺在一輛篷車口上，輕抓著滿腮鬍鬚，得意洋洋地望著車裡的胡歡，道：「你猜彭老大現在幹什麼？」

胡歡道：「八成在罵你。」

馬五道：「不是八成，是十成，那傢伙一定正在咬牙切齒的說：『蛇鞭』馬五，除非你永遠不再過江，否則我一定叫你好看！」

說罷，兩人相對哈哈大笑。

玉流星忍不住道：「你們好像一點都不擔心？」
馬五道：「我們為什麼要擔心？」
玉流星道：「難道今後你真的不再渡江了？」
馬五道：「我為什麼不渡江？說不定明天一早我就已經過去了。」
玉流星道：「你不怕他對你報復？」
馬五笑笑道：「如果他真的那麼厲害，早就成了一方霸主，又何苦在神刀侯下面混飯吃？」
胡歡突然道：「你的話或許不錯，但這幾天，你還是不要過江的好。」
馬五道：「為什麼？」
胡歡道：「因為你這幾十輛篷車對我有點用處。最好你能盡快把你手下的車子全都調來，免得要用的時候措手不及。」
馬五道：「你要這麼多車子幹什麼？」
胡歡道：「當然是拉金子。」
馬五翻身坐起來，苦笑著道：「小狐狸，你別開玩笑了。金子到處都有，你的命卻只有一條，你現在最重要的，還是先找個安全的地方躲一躲。縱然真有那批金子，也得等到風平浪靜之後，慢慢再拉也不遲。」
胡歡道：「那麼依你看，我應該躲在什麼地方？」
馬五沉吟道：「你明早先隨我過江再說，我想天下之大，總可以找到個安全的地方。」
胡歡搖頭道：「我認為安全的地方只有一處，是在江這邊，而不是江那邊。」
馬五道：「哦？在哪裡？」
胡歡道：「崇陽。」
馬五大吃一驚，道：「你瘋了！你現在到崇陽，豈不等於狐入虎口？」
胡歡道：「也不見得，神刀侯勢力再大，也不可能遍及每個角落。」
馬五道：「你錯了。在別的地方，你也許還有地方躲一躲，唯獨在崇陽，你無論躲在哪裡，也休想瞞過侯府的耳目。」
胡歡道：「我根本就不想躲，也不想瞞，我要大搖大擺的走進崇陽，堂堂正正的住進聚英客棧。」
馬五急忙道：「聚英客棧更不能去！你忘了那是日月會的暗舵？你從關大俠

手裡得到那件東西，他們找你還來不及，你還敢自己送上門去？」

胡歡道：「那件東西雖是取自關大俠之手，但人卻不是我殺的，他們總不會要我的命吧？」

馬五道：「但他們卻會向你要那件東西。」

胡歡輕輕鬆鬆道：「既然大家要的都是那件東西，而不是我的命，我還有什麼好怕的？」

馬五抓著鬍鬚，無言以對。

胡歡道：「所以你最好是馬上把我送進崇陽，並且叫你那群手下把我的住處宣揚一下，知道的人越多，我就越安全。」

說著，回望了玉流星一眼，繼續道：「另外，你再派個機警的人去通知林劍秋一聲，說不定還能賺個幾十兩銀子。」

馬五詫異道：「你找林劍秋幹什麼？」

胡歡道：「因為林劍秋身上有件東西，在玉流星說來，比我懷裡這件東西更重要。」

玉流星卻眼睛眨也不眨地瞟著胡歡的衣襟，恨不得整個人都竄進去。

第四回 狐朋狗黨

一

聚英客棧就在西大街的街尾上。

西大街是崇陽最繁華的幾條街道之一，街道兩旁商店林立，各行各業應有盡有。

聚英客棧的地頭雖較偏僻，但依然賓客常滿，生意興隆。

這天傍晚，又是樓下大堂上座的時刻，平時潘老闆很少在客棧露面，但這幾天，他卻從早到晚笑嘻嘻地盯在櫃臺裡，對每個進出的客人都很留意。

現在他又坐在櫃臺裡，臉上的笑容卻不見了，因為林劍秋正帶著兩名侍衛走了進來。

堂口上的伙計賈六急忙迎上去，哈著腰道：「三位官爺請坐。」

林劍秋抬手阻止他說下去，道：「替我準備三間上房。」

賈六陪笑道：「對不起，房間早就客滿了。」

林劍秋就像沒聽到他的話一般，伸出三個手指，一字字道：「我要三間上房。」

賈六為難道：「這……」

他一面說著，一面回望著櫃臺裡的潘老闆。

潘老闆大步走上來，道：「三位官爺請隨我上樓。」說著，已先走上樓梯。

林劍秋走在最後，剛剛走上幾步，忽然停步回首道：「伙計。」

賈六忙道：「官爺還有什麼吩咐？」

林劍秋道：「有沒有一個叫玉流星的女人住在這裡？」

賈六想了想，道：「沒有。」

林劍秋取出一錠銀子，在手上拋弄著，道：「那個女人大概二十二三歲，人長得很漂亮，頭上經常插著一朵紅花，如果來了，馬上告訴我。」

賈六連忙應道：「是，是。」

林劍秋將銀錠高高一拋，轉身登樓。

賈六伸手去接那錠銀子，卻沒想到已被另外一個人接在手裡。他急忙轉身一看，那人竟是侯府總管金玉堂。

這時金玉堂也模仿著林劍秋姿勢，將銀子一上一下地拋弄著，只是原本小小的一錠銀塊，現在竟已變成一個十兩重的大元寶。
賈六眼睛發亮道：「原來是金總管。」
金玉堂將元寶遞到賈六手上，道：「這是你的銀子。」
賈六道：「您的意思是……叫我不要說？」
金玉堂笑呵呵道：「潘老闆的手下果然個個精明，一點就透。」
賈六捧著元寶，嘴巴咧得比元寶還大，不斷地點著頭。
金玉堂含笑轉身而去。
樓上的潘老闆看到這種情形，不禁暗自冷笑。
就在這時，一輛篷車已緩緩停在門前。

×　×　×

玉流星筋疲力盡地躺在床上，臉色幾乎比剛剛換上的白色床罩還要蒼白。
胡歡靠在椅子上，手上端著一杯還在冒著熱氣的熱茶，眼睛卻緊盯著房門。
門外有人在敲門。

胡歡道：「什麼人？」

門外那人輕輕答道：「潘秋貴。」

胡歡急忙放下茶杯，將房門打開。

潘老闆閃身而入，隨手將門閂上，凝視著胡歡良久，忽然嘆了口氣，道：「胡老弟，想不到你竟是這麼一個有血性的人！潘某謹代表敝會全體弟兄先謝謝你。」

胡歡笑笑道：「潘老闆最好先不要客套，因為這件事我們還得談談。」

潘秋貴道：「胡老弟有什麼吩咐，儘管說出來。如果潘某做不了主，也好向總舵請示。」

胡歡低頭尋思一陣，突然問道：「貴會有一位叫楚天風的人，不知潘老闆認不認得？」

潘秋貴皺眉思慮了一會兒，道：「嚦！好像有這麼一個人。」

胡歡道：「如果要談，叫他來，其他人最好免開尊口。並不是我不賞你潘老闆面子，因為這件事關係重大，不是熟人不好說話。」

潘秋貴立刻道：「好，我這就傳話過去，三五天之內，楚天風一定趕到。」

胡歡苦笑道：「但願三五天之後我還活著。」
潘秋貴道：「老弟只管放心，在這幾天之內，兩位的安全包在我身上。」
胡歡道：「請多勞神。」
潘秋貴道：「不過，這幾天還得請兩位委屈一下，在這房裡擠一擠。」
玉流星馬上爬起來，道：「為什麼？難道你們就沒有別的房間了？」
潘秋貴道：「房間是有，卻跟這間不一樣。」說著，走到床前，伸手在床柱上一轉，牆壁上忽然出現了一道暗門。
玉流星匆匆跑過去，往暗門裡探視一眼，道：「這是通什麼地方的？」
潘秋貴道：「直通西郊一座破廟的佛像底下。」
胡歡道：「哦！那座破廟我住過。」
潘秋貴道：「那就再好不過了，萬一有情況，兩位不妨到那兒去避一避。」
胡歡道：「這幾天附近亂得很，那地方會不會被人先一步占了去？」
潘秋貴道：「老弟放心，前幾天我就已派人把守住，而且這兩天侯府的人也經常在那附近走動，一般江湖人物想到那裡站一會兒，只怕都不太容易。」
胡歡道：「莫非侯府的人也知道這條暗道？」

潘秋貴嘆道：「在崇陽，無論什麼事都很難瞞過侯府的耳目。」

胡歡道：「難道你不怕他們從廟裡混進來？」

潘秋貴道：「這一點他們倒不敢，第一，入口的機關時常更換，他們搞不清楚；第二，他們打的是俠義的招牌，總不能明目張膽的跟日月會的人過不去，所以他們對我多少還有幾分顧忌，不敢隨便亂來。」

胡歡道：「看樣子，我的一舉一動也一定在他們的監視之下？」

潘秋貴道：「那是當然，方才金玉堂已經來過，說不定現在還在這附近。」

說完，忽然對玉流星笑笑道：「有件事，我想應該告訴姑娘一聲。」

玉流星道：「什麼事？潘老闆請說。」

潘秋貴道：「林劍秋已經來了，一進門就急著打聽姑娘的下落。我們當然不會告訴他，不過姑娘最好多留點神，他就住在你們的頭頂上。」

玉流星驚慌的望著胡歡，胡歡卻在留意門外的動靜。

潘秋貴也朝門外望了一眼，道：「兩位請休息，我得出去瞧瞧。」

胡歡道：「潘老闆請便。」

潘秋貴隨手又在床柱上轉了一下，直待暗門合起，才閃身出房。

過了不久，門外又有個聲音輕喊道：「胡叔叔，胡叔叔！」

兩人一聽，就知道是秦官寶到了。

胡歡一把將他抓進來，往牆上一頂，恨聲道：「我叫你找的人呢？」

秦官寶嘎聲道：「我都找到了，馬五叔不是已經把你們救出來了嗎？」

胡歡道：「我問的是『神手』葉曉嵐！」

秦官寶道：「他就在後街的賭場裡，我怎麼叫他都叫不動。」

胡歡手一鬆，恨恨道：「好小子！在這種時候，他居然還有興致賭錢。走！帶我去抓他。」

玉流星急急道：「我呢？」

胡歡想也沒想，只在床柱上輕輕一轉，暗門又已緩緩地打開來。

二

在江湖上，每個人都知道這「神手」葉曉嵐生了一雙巧手，但在賭場裡，他卻是個出了名的送財童子。

長相清秀、舉止斯文的葉曉嵐，怎麼看都不像個賭徒，而現在他卻偏偏擠在賭臺上，手上捧著幾塊碎銀子，腦門上的冷汗已比銀子還多。

胡歡站在他背後很久，他竟一直未曾發覺，只聚精會神地緊盯著莊家搖動的寶盒，專心猜測著那雙少說也比他笨拙一百倍的手會搖出什麼點子。

寶盒終於放定，每個人都在搶著下注，每張臉上都充滿了自信，好像只要下注，銀子就會滾進來。

葉曉嵐牙齒一咬，就想把最後那幾塊銀子押下去。

就在這時，胡歡向秦官寶遞了個眼色，兩人竟硬將葉曉嵐從人堆裡倒架出來。

葉曉嵐頓時火冒三丈，剛想大發雷霆，忽然發覺架他的人竟是胡歡，不禁嚇了一跳，急忙強笑道：「咦！小胡兄，你怎麼來了？」
胡歡斜眼瞪著他，道：「你想押幾點？」
葉曉嵐神秘兮兮地伸出三個指頭，道：「十拿九穩，保證沒錯。」
胡歡道：「錯了。」
葉曉嵐毫不服氣道：「你怎麼知道錯了？」
胡歡道：「因為我不像你那麼蠢。」
說著，朝秦官寶一歪嘴，道：「官寶，把點子告訴他。」
秦官寶笑嘻嘻道：「四、四、四，滿堂紅，雙，吃小賠大。」
胡歡道：「你信不信？」
葉曉嵐嗤之以鼻道：「說得比唱的還好聽！這種點子，怎麼可能搖得出來！」
話沒說完，只聽莊家已大叫道：「四、四、四、滿堂紅，雙，吃小賠大啊！」
賭桌四周立刻響起一片騷動。
葉曉嵐不僅人被嚇呆，連銀子都掉在地上。

胡歡冷笑道：「現在你該相信了吧？」
葉曉嵐「咕」地嚥了口口水，道：「他怎麼會知道？」
胡歡道：「有一種聽音辨點的功夫，你有沒有聽說過？」
葉曉嵐指著秦官寶，道：「他會？」
胡歡道：「豈止他會？凡是保定秦家的人都會。」
葉曉嵐失聲道：「那麼秦十三也會？」
胡歡道：「高明得很。」
葉曉嵐頓足搥胸道：「啊呀！我上了他的當。」
胡歡道：「你少胡說！秦十三那種人，你就是砍下他的胖腦袋，他也絕對不敢跟你賭錢的。」
葉曉嵐道：「不是錢，是刀，是一柄價值上萬兩銀子的寶刀。」
胡歡想起秦十三腰間那柄刀，不禁啞然失笑道：「原來那柄刀是從你手裡騙去的。」
葉曉嵐嘆了口氣，道：「交友不慎，莫此為甚。」
胡歡道：「算了吧！我認為他比你夠朋友多了，至少在朋友性命交關的時候，他決不會袖手旁觀。」

葉曉嵐急忙道：「小胡兄，這次你可不能怪我。我跑到這裡來，只不過是想湊點去開封的盤費而已。」

胡歡道：「你到開封去幹什麼？」

葉曉嵐道：「我原想到錦衣樓的老巢去救你，誰知你又落在五龍會手上。」

胡歡道：「五龍會總舵就在附近，根本就不需盤費，你為什麼沒有去？」

葉曉嵐道：「我正想趕去，秦官寶卻告訴我，你已被馬五哥救出來了。」

胡歡道：「好吧，就算你說的都是實話，但你明知我住在聚英客棧，又在急著找你，你為什麼不去見我呢？」

葉曉嵐嘆了口氣，道：「我已經沒臉見你了。」

胡歡訝然道：「為什麼？」

葉曉嵐垂頭道：「我把你的劍和玉流星的刀都給輸掉了。」

胡歡一怔，道：「我的劍和玉流星的刀？」

葉曉嵐道：「嗯。」

胡歡道：「你去找過田大姐？」

葉曉嵐道：「找過。」

胡歡道：「有沒有修理她一頓？」

葉曉嵐道：「我本來想給她點教訓的，可是見她哭得比死了娘還傷心，我又不忍下手了。」

胡歡道：「於是你只拿了刀和劍就走，四千五百兩銀子一分都沒動？」

葉曉嵐道：「我是想動，只可惜那些銀子已被她手下分掉了。聽說那女人最近混得不太好，她手下已經幾個月沒拿到錢了。」

胡歡恍然道：「哦，難怪她把玉流星都賣了，原來是日子混不下去了。」

葉曉嵐道：「她出賣玉流星我不管，出賣你卻不能輕饒，所以我臨走放了一把火，多少也可以替你解點心頭之恨。」

胡歡嘆道：「我倒無所謂，我認為她出賣玉流星實在太不應該。」

葉曉嵐詫異道：「為什麼玉流星比你重要？」

胡歡道：「因為玉流星是她的朋友，我不是。」

葉曉嵐點一點頭，道：「有道理，那把火就算是替玉流星放的吧！」

胡歡突然將手臂一抓，道：「現在我也不再怪你，刀劍都不要了，趕緊跟我走，我還有件很重要的事情要你去辦。」

葉曉嵐忙道：「等一等。」

胡歡道：「你還等什麼？是不是非把這幾塊銀子輸光才肯走？」

葉曉嵐道：「銀子輸掉我一點都不心疼，刀和劍卻非拿回來不可，否則以後我還有什麼臉見你？」

胡歡想了想，道：「你押了多少錢？」

葉曉嵐道：「一百八十兩。」

胡歡一驚道：「這麼多？」

葉曉嵐道：「玉流星那把刀雖然不值幾文，你那口劍卻有點身價，少說也值個五六百兩銀子。」

胡歡怔怔道：「你不會騙我吧？」

葉曉嵐道：「我騙你，難道莊家也騙你？沒有個五六百兩的價值，他肯押給我一百八十兩嗎？」

胡歡瞧著地上那幾塊碎銀子，沉吟著道：「要想贏回來，就得下點本錢，憑這點銀子怎麼夠？」

葉曉嵐眼瞟著秦官寶，嘴巴卻在胡歡耳旁低聲道：「夠了，只要有他在旁邊就夠了。」

秦官寶一聽，回頭就想開溜。

胡歡好像早有防備，一把將他拉住，道：「你想到哪裡去？」

秦官寶驚慌失措道：「胡叔叔，請你高抬貴手，饒了我吧！我們秦家的家規定得清清楚楚，賭錢是要逐出家門的！」

胡歡道：「誰說我要叫你賭錢？」

秦官寶道：「不叫我賭錢，叫我幹什麼？」

胡歡道：「我只叫你聽，聽音辨點在你們秦家總不犯法吧？」

秦官寶拚命搖著頭，道：「雖然是不犯家規，卻犯了我十三叔的大忌，萬一被他發現，他不剝了我的皮才怪！」

胡歡道：「你為什麼這麼怕你十三叔？」

秦官寶道：「怕慣了，想不怕都不行。」

胡歡突然笑瞇瞇道：「你猜你十三叔最怕哪一個？」

秦官寶道：「當然是我二爺爺。」

胡歡道：「其次呢？」

秦官寶道：「我二奶奶。」

胡歡道：「第三個呢？他還怕誰？」

秦官寶道：「我大伯。」

胡歡皺了皺眉，道：「第四個呢？」

秦官寶想了一下，道：「一定是京裡的賀爺爺。」

胡歡道：「錯了，大錯特錯。」

秦官寶呆了呆，道：「依你看，他第四個應該怕誰？」

胡歡指著自己的鼻子道：「我，就是胡叔叔我。」

葉曉嵐急忙道：「你猜他第五個怕誰？」

他不等秦官寶回答，就已拍著胸膛道：「第五個就是我，就是你葉叔叔我。」

胡歡道：「如今有我跟你小葉叔替你撐腰，你還怕什麼？更何況你十三叔這幾天忙得很，怎麼可能跑到這種地方來？」

秦官寶想了半晌，猛一跺腳道：「這次我拚了！可是以後你們可千萬不能再找我。夜路走多了，總有一天會碰到鬼的。」

葉曉嵐急忙搶著道：「好，只此一遭，下不為例。」說話間，手掌一抓，地上的幾塊銀子已同時飛起，爭先恐後的落在他手裡。

秦官寶呆望著他的手掌，道：「這是什麼功夫？」

葉曉嵐笑嘻嘻道：「想不想學？」

秦官寶道：「想。」

葉曉嵐道：「想學的話，就把耳朵伸長一點，千萬莫要聽錯了點子。」

× × ×

胡歡和葉曉嵐威風八面的坐在賭臺旁，面前的銀子已疊得看不到鼻子，站在兩人身後的秦官寶仍在傾耳細聽，一副非把莊家贏垮不可的樣子。

莊家一面拭汗，一面緩緩地搖動著寶盒，已經搖了很久，就是不肯放下來。

就在這時，一個花枝招展的美婦人翩然而出，兩隻水汪汪的眼睛朝賭臺上瞄了一眼，姍姍走到莊家面前，道：「你覺得怎麼樣？」

莊家苦笑首道：「好像有點邪門，還是老闆娘自己來吧！」說著，已將座位讓出，寶盒也交在那女人手上。

葉曉嵐低聲道：「當心點，這女人就是水蜜桃，手法高明得很。」

水蜜桃人長得美，賭技也高，在西南道上是個極有名氣的女人。

胡歡還是第一次見到她，忍不住瞇著眼睛多看了她幾眼。

水密桃也正在打量著他們，忽然嬌滴滴笑道：「兩位是不是保定秦家的人？」

葉曉嵐眼睛一翻，道：「哪個王八蛋才是秦家的人！」

胡歡連忙點頭道：「對，秦家的人有什麼了不起？只不過跟狗一樣，鼻子和耳朵稍微比人靈一點罷了。」

秦官寶居然也在後面跟著點頭，好像連自己姓什麼都已忘記。

水蜜桃依舊笑盈盈道：「可是兩位聽音辨點的功夫，卻也已經很有點火候。」

葉曉嵐道：「哪個王八蛋才會聽音辨點的功夫！」

胡歡立刻把脖子往前一伸，道：「聽說懂得聽音辨點的人跟狗一樣，耳朵都會動，你瞧瞧我們的耳朵有沒有動？」
秦官寶耳朵忽然動了動，道：「不好，那女人把寶盒裡的骰子換了。」
水蜜桃馬上站起來，蔥心般的手指指著秦官寶，道：「我知道你是誰了。」
秦官寶呆呆地道：「我是誰？」
水蜜桃道：「你一定是秦十三的侄子秦官寶。」
秦官寶頓時傻住了。
這時，門外突然有個人暢笑道：「喲！金總管今天怎麼有興趣跑到這裡來？」
金玉堂的笑聲也傳進來，道：「秦頭兒的興致好像也不小，天還沒黑，居然就跑來了。」
話聲未了，只聽「砰」的一響，秦官寶急不擇路，竟已破窗而逃。
門外兩人聞聲即刻衝了進來。
秦十三看胡歡和葉曉嵐面前的銀子，又看了看那扇破窗，只見他雙腳一跺，「嗖」的一聲，也跟著躥了出去。
金玉堂就停留在進門不遠的地方，背負著雙手，動也沒動，賭局整個停頓下來，每個人都呆呆地瞧著他，好像都把他看成雞群裡的一隻禿鷹一般。
金玉堂哈哈一笑，道：「難怪潘老闆的人都守在附近，原來有貴客在座。」
胡歡匆匆回顧，道：「金總管指貴客，莫非是在下？」
金玉堂道：「閣下大概就是浪子胡歡吧？」
胡歡道：「不錯。」
金玉堂道：「你能如約趕到崇陽，就是給我金某面子，今後有什麼事，只管知會一聲，無須勞動日月會弟兄們的大駕。」
胡歡身後立刻有個大漢冷冷道：「金總管也不必緊張，我們一共才不過五十幾個人而已。」
金玉堂道：「金某只有一個人，各位總不會為難我吧？」
那大漢道：「金總管真會說笑話，你能放我們一馬，我們弟兄就已感激不盡了。」
金玉堂笑了笑，忽然對葉曉嵐道：「葉公子今天的手氣好像很不錯？」
葉曉嵐忙道：「託金總管的福，還算過得去。」
金玉堂語調曖昧道：「你可千萬不要贏得太多，否則你的好朋友會不高興的。」

葉曉嵐怔了怔，道：「我的朋友多得很，不知金總管指的是哪一個？」

金玉堂道：「當然是這裡的後臺老闆。」

說完，又是哈哈一笑，轉身出門去。

葉曉嵐楞楞地望著水蜜桃，道：「這裡的老闆究竟是誰？」

水蜜桃巧笑倩兮道：「我是老闆娘，老闆當然是我老公了。」

葉曉嵐道：「他人呢？我怎麼從來未見過？」

水蜜桃道：「誰說的？他就是方才去追『郎中』的那個，你們不是已經見過了嗎？」

三

秦十三站在街頭，舉目四望，街上行人很多，唯獨不見秦官寶的影子，卻見三名捕快自遠處匆匆奔趕過來，為首的正是跟隨他多年的得力幫手，人稱「鬼眼」的程英。

程英是個經驗十分老到的人，如非情況特殊，絕對不會如此匆忙。

秦十三急忙迎上去，喝問道：「什麼事？」

程英吐了口氣，趕忙說道：「啟稟秦頭，京裡的『掌劍雙絕』高飛高大人到了。」

秦十三怔了怔，道：「帶了多少人來？」

程英道：「就他一個，看上去神色很匆忙，好像有什麼重大的差事。」

秦十三歪著腦袋想了想，道：「你先趕回衙門報備一聲，京裡來了大人物，我們總不能讓縣太爺蒙在鼓裡。」

程英應命而去，走得比來的時候更快。

秦十三很自然的將手搭在一名短小精悍的捕快肩上，輕輕叫道：「王得寶。」

那名短小精悍的捕快開心得就像得到寶貝一樣，笑嘻嘻道：「請秦頭吩咐。」

秦十三道：「你到水蜜桃的場子去找金玉堂，把消息遞給他，如果他給你賞錢，你可不能獨吞。」

王得寶道：「頭兒放心，有多少報多少。可是萬一他不給呢？」

秦十三笑笑道：「他不給我給。」

王得寶也不嚕嗦，身形一晃，已消失在人群裡。

只剩下一名老老實實、一點都不像捕快的捕快，眼睛正在一眨一眨地望著他。

秦十三鼻子微微一聳，道：「李二奎！」

李二奎畢恭畢敬道：「在。」

秦十三道：「你身子是什麼味道？」

李二奎笑道：「不瞞頭兒說，早上臨出門的時候，我那孩子在我身上撒了泡尿。」

秦十三立刻瞪眼大喝道：「混帳！」

不僅李二奎嚇得一哆嗦，連路上的行人都紛紛避開，唯恐惹上麻煩。

秦十三指點著他的胸，叱道：「你是衙門的官差，這套衣服代表的就是衙門的威信，你竟敢叫自己的孩子在上面撒尿，你心裡還有王法嗎？」

李二奎急忙打躬作揖道：「請頭兒包涵一次，以後我會多加小心。」

秦十三道：「什麼以後？你現在就得給我一個明白的交代，本來天下雨、老婆偷人、小孩子撒尿，是誰也沒有辦法的事，可是讓自己的孩子在官服上面撒尿，就不能原諒了。」

李二奎點頭不迭道：「是，是。」

秦十三道：「所以現在你再把事情從頭到尾的對我說一遍，說得不對路，我馬上以侮辱衙門的罪名把你押起來，你要特別當心。」

李二奎尋思良久，忽然挺胸道：「事情是這樣的，今早我一出門，就見一匹快馬急馳而來。當時正有個小孩子在路上玩耍，我因不忍他喪命蹄下，所以奮不顧身，硬把他從馬蹄下搶救出來，可是那小孩子因驚嚇過度，將一泡尿整個撒在我懷裡。頭兒您說，碰到這種事，叫我有什麼辦法？」

秦十三非常滿意地點點頭，道：「嗯！這就對了。只要是為老百姓做事，就算你把衣服撕亂，也只能再發給你一套新的，誰也不敢怪你。這件事情，你可千萬要好好記住。」

李二奎鬆了口氣，一揖到地道：「多謝頭兒栽培。」

秦十三得意地笑了笑，突然將頭一擺，道：「走，到聚英客棧去一趟。」

李二奎當然知道聚英客棧是日月會的暗舵，聞言不禁一怔，道：「到那兒去幹什麼？」

秦十三道：「林劍秋住在那裡，他的同僚來了，我們能不去稟告他一聲嗎？」

× × ×

林劍秋昂首闊步地走下樓梯，兩名侍衛尾隨在後，所經之處，人人讓路。

這時，忽然有個人從他身旁一閃而過。

林劍秋止步喝道：「站住！」
那人正是舉止斯文的葉曉嵐，手上拿著一柄紅鞘短刀，剛想登樓，聞聲急忙停足回顧。
林劍秋盯著他手中的短刀，道：「你這柄刀是從哪兒來的？」
葉曉嵐道：「贏來的。」
林劍秋道：「在哪兒贏的？」
葉曉嵐道：「後街的賭場裡。」
林劍秋道：「賭場是賭錢的地方，哪有賭刀的？」
葉曉嵐道：「有的人輸得連褲子都賭，你信不信？」
林劍秋笑笑道：「你是不是從一個叫玉流星的女人手上贏來的？」
葉曉嵐也笑笑道：「如果是玉流星，我就不要她的刀了。」
林劍秋道：「哦？你要她什麼？」
葉曉嵐笑嘻嘻道：「褲子。」
林劍秋陰森森笑了幾聲，突然朝左首那名侍衛使了個眼色，道：「把那柄刀拿過來給我看看。」

那名侍衛立刻走上去，一把將那柄刀抓在手裡，誰知剛一轉身，忽然刀已不見，回頭看時，葉曉嵐正在含笑望著他，手中竟也空空如也，不禁原地轉了一圈，道：「咦！刀呢？」

另一名侍衛大聲道：「當心！這小子會妖法。」

葉曉嵐卻已指著他，道：「你這人太陰險了！自己搞鬼，居然還想賴在我頭上。」

說著，走到那名侍衛跟前，竟在眾目睽睽之下，從他懷裡慢慢地將那柄刀拎了出來。

四周一片嘩然，那名侍衛整個傻住了。

林劍秋冷笑著道：「你大概就是叫什麼『神手』葉曉嵐的吧？」

葉曉嵐道：「林大人好眼力。」

林劍秋道：「你認識我？」

葉曉嵐道：「我若連林大人都認不出，我在江湖上豈不是白混了！」

林劍秋笑了笑，道：「好吧，我也不為難你。你說那間賭場在後街的什麼地方？」

葉曉嵐道：「只要你問問水蜜桃的場子，每個人都知道，不過要去就得快，遲了恐怕就見不到人了。」

林劍秋道：「為什麼？」

葉曉嵐笑了笑，道：「那人手風背得很，萬一連褲子都輸掉，他還坐得住嗎？」

林劍秋道：「你知道那個人的姓名嗎？」

葉曉嵐道：「大家好像都叫他浪子胡歡。」

林劍秋也不再多問，轉身便朝外走。

剛剛走出幾步，只聽右首那侍衛忽然大叫道：「糟了！」

林劍秋道：「什麼事？」

那名侍衛道：「屬下懷裡的那只青瓷瓶被他摸走了。」

林劍秋獰笑一聲，口裡喊了聲：「追！」人已率先撲上樓梯。

秦十三早已混在亂哄哄的店堂裡，這時也一聲不響地跟上樓去。

兩名侍衛猶如巨鳥般騰身躍起，足尖在坐滿賓客的飯桌上一點，人已縱到林劍秋前面，直朝葉曉嵐消失的方向追趕，而林劍秋卻不慌不忙的回顧一眼，鬼魅似的閃進了自己的客房。

秦十三身體雖然肥胖，行動卻快捷無比，客房房門剛一合攏，他的耳朵已貼在門板上。

四

葉曉嵐先將那柄紅色短刀放在桌上，不慌不忙的取出一只青瓷小瓶交在胡歡手上，然後灑灑脫脫道：「幸不辱命。」

胡歡歡天喜地地接過瓷瓶，小心地啟開瓶塞，在暈睡在床上的玉流星面前晃了晃，道：「玉流星，妳命不該絕，妳的救命仙丹來了。」

玉流星眼睛都沒睜開，只將鼻尖微微一皺，道：「這是什麼？」

胡歡開心地咧著嘴，道：「解藥啊！」

玉流星有氣無力地搖著頭，道：「味道好像不大對。」

胡歡道：「妳不是說解藥裝在一只青瓷瓶中嗎？妳看看是不是這一只？」

玉流星睜眼看了看，道：「瓶子是不錯，可是……」

葉曉嵐道：「只要瓶子不差，大概就錯不了，先給她吃下去試試看。」

胡歡猶豫片刻，最後還是將玉流星扶起來，嘆息著道：「玉流星，妳的時間有限，我們也盡了力，對不對就看妳的命運了！」

他一面說著，一面已將瓶口對準了玉流星半啟的櫻唇。

就在這時，忽聽門外發出一陣冷笑。

胡歡猛將玉流星往被裡一塞，隨手抓起姜十郎的那柄劍，身形一閃，已貼在門邊。

葉曉嵐也將玉流星的短刀拔出，藏身門後，準備只等那人一進門就賞他一刀。

只聽門外那人嘆道：「你看看你們，又勾引小孩子賭錢，又想騙女人上床，傷天害理的事幾乎都被你們做盡了。」

話說得雖然難聽，兩人卻同時鬆了口氣，因為說話的竟是秦十三。

胡歡急忙打開門，將秦十三迎進房，笑呵呵道：「看樣子，秦兄好像對我們有點小誤會。」

葉曉嵐接道：「豈止是小誤會，我看簡直已經誤會得一塌糊塗！」

秦十三眼睛一瞪，道：「誤會？你們敢說方才沒帶官寶去過賭場？」

胡歡道：「去過，不過我們從頭到尾只讓他站在後面，連碰都不准他碰一下。」

葉曉嵐立刻笑嘻嘻道：「十三兄若是不信，回去問問水蜜桃姑娘便知分曉。」

秦十三冷笑道：「你們讓他站在後面幹什麼？替你們把風還是算錢？」

胡歡道：「我們只想讓他看看開賭場人的厲害，教他以後絕對不敢去賭錢。」

葉曉嵐又接道：「最多只能賭賭別的東西，既不犯家規，也不會吃虧上當。」

他一面說著，一面兩眼不停地在秦十三腰間掃來掃去，臉上充滿了譏誚的味道。

秦十三緊抓著那柄刀，半晌沒吭聲。

胡歡笑笑道：「至於騙女人上床，更是笑話！你想，憑我跟小葉，想要女人，還用得著騙嗎？」

葉曉嵐也笑笑道：「是啊！我跟小胡兄平生最大的麻煩就是銀子太少，女人太多，為了躲避女人的糾纏，也不知傷過多少腦筋。」

秦十三道：「哦？你們既然這麼有辦法，又千方百計的弄瓶春藥來幹什麼？」

胡歡怔了怔，道：「你說這瓶是春藥？」

葉曉嵐也怔了怔，道：「不會吧？」

秦十三冷笑著道：「你們也真會裝糊塗。我在門外都已嗅到氣味，我就不相信你們會分辨不出來，莫非你們的鼻子都出了毛病？」

胡歡趕緊打開瓶塞嗅了嗅，突然將瓶子塞在葉曉嵐手裡。

葉曉嵐也嗅了嗅，也忽然像抓個燙手的山芋般，慌不迭地扔在桌子上。

秦十三得理不饒人道：「虧你們一個個自以為比神仙還神，誰知這麼容易就上了人家的當。你們也不想想，像林劍秋那種人，他會輕易把自己的獨門解藥交給別人替他保管？」

胡歡道：「可是小葉查過，的確也不在他身上。」

葉曉嵐道：「他身上除了兩個元寶、五錠銀子、十八枚剩錢、兩把短劍以及一盒鼻煙之外，再也沒有其他東西。」

秦十三輕蔑地笑笑，道：「你的手腳倒蠻快，只可惜腦筋慢了點。」

葉曉嵐匆匆瞄了胡歡一眼，陪笑道：「十三兄說得對極了，小弟的腦筋一向都不太靈光。」

胡歡忙道：「那麼依秦兄之見，林劍秋會把那瓶解藥藏在什麼地方呢？」

秦十三道：「當然藏在房裡。」

胡歡搖頭道：「不可能，方才我已仔細搜過，結果一無所獲。」

秦十三道：「你真的仔細搜過？」

胡歡道：「搜得徹底得很，幾乎連枕頭裡邊都已搜過。」

秦十三眼睛一翻一翻道：「靴子裡邊呢？」

胡歡又是一怔，道：「靴子裡邊？」

秦十三道：「嗯！那雙長統馬靴裡你也找過？」

沒等他說完，胡歡已跳起來，隨手抓起蓋在玉流星身上的被子，將窗口整個遮蓋住。

葉曉嵐也忙著把桌子換了個方位，又把剛才扔掉的青瓷瓶小心翼翼地擺在桌子中間，然後從懷裡取出一塊黑布，蒙在那只小青瓷瓶上。

秦十三愕然望著兩人，道：「你們想幹什麼？」

胡歡道：「變哪！」

秦十三一副打死他都不相信的樣子道：「變？東西在樓上，你們連個邊兒都沒摸過，就想平空把它變過來？」

胡歡道：「對，這就是小葉的看家本事。」

葉曉嵐笑嘻嘻接道：「其實也不算什麼大本事，只是一種小手法罷了。」

胡歡笑笑道：「他的腦筋已不太靈光，如果手底下再沒有一點絕招，他這個人還有什麼價值？」

葉曉嵐得意洋洋道：「如果小弟是個毫無價值的人，還有什麼資格在江湖上號稱神手？還有什麼資格跟十三兄這種傑出人物稱兄道弟？」

秦十三鼻子都已被兩人嘔歪，一時卻又無言反擊，索性往椅子上一靠，道：「好，我倒要看看你的手法有多高明。變吧！」

房裡立刻靜了下來，只聽葉曉嵐雙目緊閉，口中念念有詞，昏暗之中，平添了不少神秘氣氛。

就在這時，蒙在黑布下面的青瓶忽然跳動了一下。不僅坐在一旁的秦十三嚇了一跳，連臥在床上的玉流星也跟著打了個哆嗦。

胡歡興高采烈叫道：「這次大概不會錯了！」

葉曉嵐猛將黑布一掀，搖頭嘆氣道：「糟了，那東西不在靴子裡，在那老傢伙手上。」

胡歡微微一楞，道：「你的意思是說……沒有辦法變過來？」

葉曉嵐道：「可以變，只要你有辦法叫那老傢伙鬆手。」

秦十三一旁嗤嗤鬼笑道：「算了吧，洋相出一次已經夠了，這臺戲再唱下去就沒意思了。」

胡歡根本已無暇理會秦十三的訕笑，只回頭看了玉流星一眼，抓起寶劍，朝外就走。

秦十三一把拉住他，道：「你要上哪兒去？」

胡歡道：「上樓。」

秦十三低叱道：「你瘋了！你這樣上去，豈非自找難堪？」

胡歡道：「那也未必。」

秦十三道：「奇怪，你的膽量一向不大，怎麼突然變得勇敢起來？」

胡歡嘆道：「你也應該看得出來，玉流星已支撐不了多久了。」

秦十三道：「你跟玉流星是什麼交情，外人無從知曉，不過，我就不相信她的命會比你自己的命更重要。」

胡歡故作灑脫地笑了笑，道：「沒有那麼嚴重，我也只想上去試試看，如果不能逼他鬆手，我再設法逃命也不遲。」

秦十三道：「你有沒有想到，萬一林劍秋被你逼得把解藥毀掉，玉流星的小命豈不是整個完蛋。」

胡歡當場楞住了。

秦十三搖頭不迭道：「你也是經過大風大浪的人，想不到仍然衝不破這一關，真是出人意外得很。」

胡歡急忙分辯道：「你們千萬不要誤會。我跟玉流星僅止於朋友之交，朋友有難，我能見死不救嗎？」

秦十三冷眼看了看玉流星迷惘的眼神，又看了看胡歡那副焦急的神態，不禁嘆了口氣，道：「好吧，算我倒楣，誰教我是你的朋友！我就再幫你跑一趟。」

胡歡大喜道：「如果秦兄肯幫忙，那就再好不過了。」

秦十三道：「你們最好先做好準備。林劍秋可不是省油的燈，他只要一發現東西丟掉，一定馬上追人。好在馬五的車就停在街角，他這個人雖然不是什麼大材料，幫你逃命大概還沒問題。你們最好逃得遠一點，千萬不要再給我添麻煩！」

胡歡忙道：「秦兄只管放心，東西到手，我們馬上開溜。」

秦十三冷冷地瞪著葉曉嵐，道：「『神手』葉老弟，這次你可爭點氣，千萬不能再失手，你要知道兩條命都在你手裡。」

葉曉嵐一楞，道：「兩條命？」

秦十三道：「不錯！你想想看，萬一玉流星死掉，小胡還活得下去嗎？」說完，將門打開一道縫，朝外看了一眼，身形一閃，肥胖的身軀已擠出門外。

玉流星癡癡地望著胡歡，胡歡緊張地盯著葉曉嵐，葉曉嵐緊閉雙眼，嘴唇在不停地翕動。

只聽樓上的林劍秋突然大喊道：「秦頭，你來的正好！點子就在附近，趕快替我追人！」

葉曉嵐掀起黑布，抓起瓷瓶，狠狠在瓶上親了一口，叫道：「成了！」隨手丟給了胡歡。

胡歡一看瓶塞顏色已變，也不禁親了一下，又丟給了玉流星。

玉流星小心地捧著瓷瓶，激動得眼淚都已淌下來。

呼喝聲和凌亂的腳步聲，已從樓上轉到樓下。

胡歡急忙扭開暗門，拉下窗子上的棉被，將玉流星連人帶藥，連劍帶刀，一同捲在被子裡，往懷裡一抱，道：「小葉，善後交給你了，千萬別留下痕跡。」

葉曉嵐道：「你放心，一切包在我身上。」

話沒說完，胡歡已走進暗道，暗門也已緩緩合起。

葉曉嵐立刻將桌椅恢復原狀，又在房間四處仔細打理一番，然後不慌不忙地倒了杯茶，邊喝邊等，直等到嘈雜的呼喊以及凌亂的腳步聲已遠離門外，他才推開窗戶越窗而去，一個墊步，人已躥上對面的屋脊。

五

胡歡在黑暗中走出很遠，才將玉流星放下，摸索著點燃壁上的火把，剛一掀開被角，就發現玉流星的一雙眼睛正瞪視著他。

黯淡的火光下，那張清麗脫俗的臉孔顯得更蒼白、更憔悴、更惹人憐惜。

胡歡好像一點也不懂得憐香惜玉，只用手指在她鼻尖上輕輕刮了一下，道：「來，趕快把解藥吃下去。」

玉流星往被子裡縮了縮，道：「等一等，我得先跟你談談。」

胡歡道：「有什麼話，等服過藥之後慢慢再談。」

玉流星卻緊抓被角，堅持道：「不，這件事我非得先問清楚不可。」

胡歡微微生怔：「什麼事這麼重要？」

玉流星道：「請你老實告訴我，你究竟為什麼要救我？」

胡歡道：「咦，妳忘了？我不是曾經答應過妳嗎？」

玉流星道：「你勞動諸親好友，拚命弄來這瓶解藥，只是為了對我守信？」

胡歡道：「不錯。」

玉流星道：「沒有別的理由？」

胡歡道：「難道這個理由還不夠？」

玉流星搖頭道：「不夠，差不得太遠了。」

胡歡失笑道：「玉流星，妳在搞什麼？妳是不是被林劍秋嚇昏了頭？如今解藥已經到手，妳的小命總算保住了，妳還追問理由幹什麼？」

玉流星忽然長長一嘆，道：「我的命並不如你想像中那麼珍貴。我沒有親人，沒有朋友，也沒有恩怨糾纏，生死對我來說並不重要。如果叫我靠人施捨，糊裡糊塗的活下去，還莫如早點死掉的好。」

胡歡忙道：「妳我患難之交，理當互相扶助。我幫妳忙也是天經地義的事，怎麼能說是施捨呢？」

玉流星道：「問題是我們之間根本就沒有交情，過去也只是為了相互利用才湊在一起，可是現在我分明已沒有利用價值，你為什麼還不顧一切的搭救我？你的真正意圖究竟是什麼？你想，在我把實情弄清楚之前，你的人情我敢接受嗎？」

胡歡微露不悅之色，道：「玉流星，妳是在跟我撒嬌，還是在威脅我？」
玉流星道：「我既沒有跟你撒嬌的情分，也沒有威脅你的本錢，我只想叫你把真正的理由說出來。你不說，我就不吃。」
胡歡霍然站起來，冷笑道：「妳不吃，死了活該！」說完，轉身就走。
突然「叭」的一聲，那只青瓷小瓶已落在他腳下，只聽玉流星大聲喊道：「盛情不敢領受，這瓶解藥請你帶走。」
胡歡勃然大怒，拾起藥瓶，氣衝衝的衝到玉流星面前，喝道：「玉流星，妳太不識好歹了！妳知道這瓶東西多不容易才弄到手，妳怎能對它一點都不珍惜？」
玉流星道：「我就是因為知道它得來不易，所以才請你帶走。」
胡歡氣急敗壞道：「我又沒中毒，妳叫我帶走做什麼用？」
玉流星悠悠道：「做什麼用是你的事，你扔掉也好，餵狗也好，都與我無關。」
胡歡冷哼一聲，道：「我既不想扔掉，也不想餵狗，我唯一處理的辦法，就是把它放進妳的肚子裡。」

玉流星翻身坐起，道：「你想幹什麼？」

胡歡道：「兩條路隨妳選，妳是自己吃，還是等我灌？」

玉流星身子往後一滾，手上已多了一把刀，刀刃比著自己的頸子，道：「你敢碰我，我現在就死給你看。」

胡歡嚇一跳，急忙搖手道：「慢點，慢點，我只是跟妳開開玩笑，妳可不能當真。」

玉流星道：「其實我死掉對你只有好處，既沒有人動你懷裡那件東西的腦筋，也沒有人跟你分金子，你何必非逼我活下去不可？」

胡歡急形於色道：「好，我不逼妳就是了，趕快把刀放下！」

玉流星道：「要我放下刀不難，只要你把救我的真正理由說出來。」

胡歡抓著頭，動了半晌腦筋，道：「妳能不能提示我一下，哪一種理由妳才滿意？」

玉流星道：「只要是真的，什麼理由都可以。」

胡歡留意著玉流星的臉色，試探著道：「如果我說我喜歡妳，我捨不得妳死，妳認為這個理由怎麼樣？」

玉流星刀刃貼頸，作勢道：「理由是不錯，可惜是假的。我不要聽，我要死。」

胡歡嚇得聲音變了，尖叫著道：「等一下，等一下！我發誓說的是真話，絕對沒有騙妳。」

玉流星神色立刻緩和下來，道：「我怎麼一直沒有發覺？」

胡歡忙道：「那是因為妳一直沒有注意。妳不妨仔細想想，如果我不喜歡妳，我會千辛萬苦的把妳從山頂揹下來嗎？如果我不喜歡妳，我會冒著生命危險，提早趕來崇陽幫妳找林劍秋嗎？」

玉流星感動得眼睛一紅，眼淚又已淌下來，一面擦著淚，一面道：「這麼重要的話，你為什麼不早告訴我呢？」

胡歡抓著頭，嘆著氣，道：「其實我在田大姐家裡就想告訴妳，可是話還沒說出口，就已被妳一個巴掌打回去。」

玉流星微扭著嬌軀，忸怩著道：「誰叫你沒把話說清楚，就想占人家便宜？」

胡歡往前湊了湊，道：「現在呢？」

玉流星垂著頭，窘紅了臉，手上的刀也自然滑落下來。

胡歡輕柔地將她擁入懷裡，慢慢地托起了她的臉。

玉流星也一改往日的作風，柔情無限地將雙唇遞了上去。

也不知過了多久，胡歡忽然將懷裡的玉流星推開，打開瓷瓶，湊近火把一看，整個人都跳了起來，大聲喝問道：「藥呢？」

玉流星就像做了虧心事般，一聲也不敢吭，只抬手指了指自己的嘴。

胡歡冷冷地盯著她，道：「原來妳早已吃下去，卻一直在騙我，妳太過分了！」

玉流星囁嚅著道：「因為我知道你捨不得我死，所以……所以……」

胡歡沉痛地嘆了口氣，道：「妳要死就去死吧！這次我再也不會攔妳。」說完，轉身大步而去，連頭都不回一下。

玉流星趕忙爬起來，左手拿刀，右手提劍，慌慌張張地追在後面，邊追邊喊道：「胡歡，你等等我嘛！你別生氣嘛，你聽我說嘛，你聽我解釋嘛……」

喊聲愈來愈小，人也愈走愈遠，轉眼間兩人已消失在黑暗裡。

第五回 神機妙算

一

街角上停著一輛破舊的篷車。

馬五就像往常一樣橫睡在篷車口，頭枕一只空酒罈兩腿高高翹起，滿身酒氣直溢車外。

秦十三圍著篷車繞了一圈，停在馬五頭前，道：「你是自己起來，還是等我把你拉下車來？」

話沒說完，馬五已翻身坐起，左顧右盼道：「林劍秋呢？」

秦十三道：「被你騙了。」

馬五鬆了口氣，抓著鬍渣，笑呵呵道：「騙別人容易，想騙秦兄好像不太簡單。」

說話間，鋪在車板上的褥子一翻，葉曉嵐笑嘻嘻從底下躥出來。

秦十三瞧了他一眼，淡淡道：「酒是喝的，不是用來洗衣裳的。想要唬我，就得多動腦筋，靠酒罈子是沒用的。」

葉曉嵐在馬五身上嗅了嗅，道：「嗯，十三兄的鼻子的確管用得很。」

秦十三道：「幸虧這輛車又髒又破，而林劍秋又有潔癖，如果他再往前走幾步，保證你們一個都跑不掉。」

馬五把玩著腰間的鞭梢，瞇眼笑道：「林劍秋的劍法，真如傳說中那麼厲害嗎？」

秦十三道：「據我所知，神衛營裡絕對沒有一個浪得虛名之輩。」

葉曉嵐道：「可是江湖上誰都知道，林劍秋是其中最差勁兒的一個。」

秦十三道：「也許，不過他再差，也一定比你高明，你相不相信？」

葉曉嵐無精打采道：「相信。」

秦十三笑笑道：「所以我勸你最好是到城外躲一躲，否則你非出事不可。」

馬五滿不服氣道：「也不見得，有我在他旁邊，我想還不至於出大紕漏。」

秦十三笑笑道：「有件事我想應該先告訴你一聲，也好讓你有個心理準備。」

馬五道：「什麼事？你說！」

秦十三道：「如今神衛營的人在城裡已不止林劍秋一個，剛剛又來了個『掌劍雙絕』高飛。你不妨仔細估量一下，憑你一條鞭子和小葉那些騙人的玩意兒，能不能對付得了那兩個人？」

馬五臉色微變：「『掌劍雙絕』高飛也來了？」

秦十三道：「不僅人來了，而且還帶來一個天大的消息。」

馬五道：「哦？什麼消息？」

秦十三道：「聽說汪大小姐已經離京了。」

馬五道：「你說的可是『無纓槍』汪大小姐？」

秦十三道：「不錯，正是她。」

馬五道：「她離不離京，跟我們有什麼關係？」

秦十三道：「關係大得很，尤其對小胡，更是大得不得了。」

葉曉嵐忽然雙手合十道：「十三兄，拜託你，你千萬不要說汪大小姐是為了小胡來的，更不要說她是小胡的未婚妻，我聽了會害怕。」

馬五駭然道：「有這種事？」

秦十三也吃驚地望著葉曉嵐，道：「小葉，你是從哪裡得來的消息？」

葉曉嵐道：「昨天官寶告訴我的。」

秦十三道：「他怎麼會知道？」
葉曉嵐道：「他是前幾天從侯府手下那兒聽來的。」
秦十三窮追不捨道：「那麼侯府手下又是從哪兒得來的消息？」
葉曉嵐苦笑道：「據說是因為小胡兄跟『風雨雙龍劍』蕭家兄弟動手時洩了底，好像使了幾招很像南宮胡家的劍法。」
馬五嗤之以鼻道：「簡直是鬼扯淡！小胡怎麼可能使得出南宮胡家的劍法！」
葉曉嵐道：「是啊，據我所知，小胡兄至少精通四家的劍法、五六家的刀法，拳腳、輕功、暗器等更是雜得無法計算，可是我就從來沒有聽說過他會南宮胡家的追魂十八劍。」
馬五道：「如果他真會追魂十八劍，早已成為一代名家，前幾年又何苦為了偷學魯家一套破拳法而被人打得遍體鱗傷，險些連小命都送掉！」
秦十三忙道：「你們說的都很有道理，可是現在的問題已不在他使的是不是南宮胡家的劍法，而是他究竟是不是南宮胡家的後人。」
馬五搖搖頭道：「不可能。」

葉曉嵐也連連搖頭道：「絕對不可能。」

秦十三道：「我也認為不可能，如果他真是南宮胡家的子嗣，以他的為人而論，多少總會在我們面前透露一點，口風不可能這麼緊。」

馬五道：「對，小胡是個出了名的大嘴巴，你教他把話憋在肚子裡，比殺了他還要難過。」

葉曉嵐道：「所以這件事我根本就不相信。」

秦十三道：「我們相不相信已無關緊要，要命的是不僅汪大小姐相信，連神衛營那些人也已深信不疑。」

馬五神色一緊道：「那就糟了！聽說當年南宮胡家就是毀在神衛營手上，如果那批人認定小胡是胡家的漏網之魚，那可麻煩了。」

葉曉嵐緊緊張張道：「我得趕快通知小胡兄一聲，叫他金子也別要了，趁早逃命要緊。」

秦十三道：「逃不掉的。被神衛營獵捕的人，絕對沒有一個能逃出他們的掌心。」

葉曉嵐急形於色道：「那該怎麼辦？」

秦十三沉吟片刻，道：「唯一的辦法，就是叫小胡硬充下去。」

馬五一驚道：「你想叫小胡冒充汪大小姐要找的人？」

秦十三道：「不錯，想要護身保命，非得藉重她的力量不可。」

馬五道：「汪大小姐師徒的實力固然可觀，可是想靠她們對抗神衛營，恐怕還差得遠！」

秦十三道：「如果跟侯府聯手呢？」

馬五道：「那就另當別論了，只是金玉堂那人刁滑得很，你要想說動他，可能不太容易。」

秦十三輕鬆地笑了笑，道：「我想也不會太難，因為神衛營傾巢而出，主要的目標還是侯府。」

馬五抓著鬍渣想了想，道：「有道理，如果只是為小胡，隨便派三兩個來也就夠了，何必勞動申公泰親自出馬？」

秦十三道：「現在，我們就只剩下一個最小的問題了。」說話間，目光自然轉到葉曉嵐臉上。

葉曉嵐笑嘻嘻道：「什麼問題？」

秦十三道：「我們三個人，應該由誰去說動小胡？」
馬五搶著道：「當然是小葉。」
葉曉嵐臉色大變，道：「為什麼一定要我去？」
馬五笑呵呵道：「秦兄要去找金玉堂打交道，我準備即刻過江，替汪大小姐師徒打個接應，免得她們在路上遭到神衛營那批人暗算。如今只有你閒在這裡，你不去，誰去？」
葉曉嵐愁眉苦臉道：「可是這種事，你叫我怎麼跟他開口？」
馬五道：「你不要搞錯，這是救他性命的事，為什麼不能開口？」
葉曉嵐道：「萬一他不肯呢？」
秦十三已「吃吃」笑道：「你放心，他一定肯，他是極珍惜性命的人，只要能活命，你叫他冒充汪大小姐的兒子他都幹。」

二

髒亂的廟堂已被人收拾得一塵不染，不僅有燈有火，而且有酒有菜，甚至連被褥都準備得整整齊齊，只比客棧裡少了張床。

酒菜是擺在一張矮桌上，桌邊一盆炭火上的壺水尚未燒沸，顯然剛剛置放不久。

胡歡坐在矮桌旁的蒲團上，滿滿地斟了一杯酒。

玉流星適時從佛像後面竄出來，氣喘喘喊道：「等一等，這酒喝不得！」

胡歡回頭瞪著她，道：「為什麼不能喝？」

玉流星道：「這些東西不是潘老闆送來的。」

胡歡道：「妳胡說什麼！除了潘秋貴之外，還有誰知道我們躲在這裡？」

玉流星急忙走上來，指著桌上的碗盤道：「可是這些分明不是聚英客棧的東西，如果是潘老闆送來的，他會捨近求遠，故意不用自己店裡的餐具嗎？」

胡歡只當她的話是耳旁風，滿不在乎道：「管它是誰送來的，先喝了再說。」

說完，剛想送入口，忽然「叮」的一響，玉流星頭上的銀簪已投進酒杯中。

胡歡一見銀簪沒有變色，不禁火冒三丈道：「妳看，好好的一杯酒，被妳弄得髒死了！妳也不算算自己的頭髮幾天沒洗了，臭不臭？」

玉流星委委屈屈地坐在對面，嘴巴翹得幾乎可以掛只酒瓶。

胡歡沒好氣道：「好吧！妳說，妳又跟來幹什麼？」

玉流星道：「當然是保護你的。」

胡歡道：「不必了，我跟妳已經散夥了。」

玉流星立刻把眼睛瞪出來，道：「那可不成！你想把我甩掉，門兒都沒有！」

胡歡指著她的鼻子道：「妳這女人臉皮怎麼這麼厚？人家不要跟妳在一起也不成嗎？」

玉流星理直氣壯道：「當然不成！當初我們說好的，在金子到手之前，誰也休想把我趕走。」

胡歡作恍然大悟狀道：「哦？原來妳是為了金子才跟來的，那好辦，現在我就給妳，全都給妳。」說著，從懷裡掏出個小布袋，隨手一拋，已丟在玉流星身後。

玉流星看看那小布袋，又看看胡歡，怔怔道：「那是什麼？」

胡歡道：「那就是妳朝思夜想的東西！」

話未說完，玉流星已緊緊張張地撲過去，一把將它抓在手裡，神色間充滿了貪婪。

胡歡冷冷道：「現在妳可以走了。」

玉流星囁嚅著，試探著道：「是真的，還是假的？」

胡歡道：「何不打開來看？」

玉流星道：「可以嗎？」

胡歡道：「反正已經是妳的東西，妳吃掉也不關我的事。」

玉流星迫不及待地解開纏在小布袋口上的紅絨結，剛將絨繩鬆開一半，忽然停住，臉上那股貪婪之色剎那間已不復見，目光也漸漸變得柔和起來。

胡歡瞟著她道：「妳發什麼呆?還不趕快解開？」

玉流星不但沒有繼續解下去，反將絨繩重新繫好，依依不捨地托到胡歡面前，道：「這件東西，還是請你收起來吧！」

胡歡道：「妳不是一直都在動它的腦筋嗎？怎麼又不要了？」

玉流星道：「我……我突然不想要了。」

胡歡冷笑道：「妳這個人的毛病可真不少！妳想死，突然又不死了；妳想要的東西，突然又不要了，妳莫非中毒太深，腦筋被毒糊塗了？」

玉流星搖著頭，慢慢湊近胡歡身旁，輕輕道：「我的毒已解了，而且一點也不糊塗，我知道你是因為方才被我騙了一下，還在生我的氣，是不是？」

胡歡道：「咦？妳騙過我嗎？不會吧？我對妳這麼好，為救妳的命，連自己的命都不顧，妳怎麼可能還忍心騙我？」

玉流星急忙道：「其實我也不是有意騙你，我只是想聽聽你的真話罷了。」

胡歡道：「妳想聽我的真話？妳簡直在做夢！老實告訴妳，我這輩子還沒有說過真話哩。」

玉流星道：「可是我知道方才你對我說的話一定是真的。」

胡歡道：「妳想得美！對妳這種女人，我會說真話？妳以為我瘋了？」

玉流星道：「既然你說的不是真話，你又何必生氣呢？」

胡歡作個笑臉，道：「誰說我在生氣？我開心得很。如果妳馬上走開，我會更開心。」

玉流星「吃吃」笑道：「你想都甭想！老實告訴你，我再也不會走了，這輩子我跟你泡定了。」

胡歡仰首一笑，道：「玉流星，妳也真會自說自話。妳有沒有想一想，我願不願意跟妳泡？」

玉流星自信滿滿道：「我知道你一定願意，否則你也不會捨命救我了。」說著，毅然將那只小布袋塞進胡歡懷中，深情款款道：「我現在也把心裡的話告訴你吧！打從在山上我吃了你替我採的草藥開始，我就下了決心，我這輩子是跟定了你。你要我，我就死心塌地的跟你跑江湖，你不要我，我就死。所以這件東西在你身上和擺在我身上完全一樣。你現在該相信我了吧？」

胡歡道：「我一點也不相信，因為妳說的又是一堆謊話。」

玉流星急道：「我發誓我說的都是真心話！」

胡歡道：「一句都不假？」

玉流星道：「一句都不假，你沒有看到我連金子都不要了？」

胡歡道：「那麼我問妳，妳既然在山頂上就下了決心，為什麼在田大姐家裡又說就算割下妳的腦袋，妳也不會嫁給我這種人？」

玉流星嗔道：「那時候我以為自己已死定了，所以才故意那麼說的，因為我怕我死掉之後，你心裡會難過。」

胡歡道：「我可以向妳保證，我一點都不會難過。」

玉流星吃驚地望著他，道：「你……真的想叫我死？」

胡歡淡淡道：「我沒說叫妳死，我只是不敢要妳而已。」

玉流星迷惘道：「為什麼？」

胡歡嘆了口氣，道：「因為我這個人太老實，所以我只配要那種又拙又笨，既不會說謊話，也不會騙我的女人。」

玉流星呆了呆，突然將那柄劍遞給胡歡，道：「好，你既然不要我，我活著還有什麼意義！反正我的命是你救的，就請你拿回去吧！」

「鏘」的一聲，胡歡真的將劍拔出來，身子卻疾如閃電般撲向佛像，一劍刺了出去。

只聽佛像後有人尖叫道：「小胡兄劍下留情！我是葉曉嵐。」

胡歡收劍道：「你既然早就到了，為什麼不出來？鬼鬼祟祟的躲在後邊幹什麼？」

葉曉嵐笑嘻嘻道：「你這齣《斬經堂》還沒有唱完，我怎麼捨得出來？」

胡歡道：「我想你一定不是專程來聽戲的，有什麼事嗎？」

葉曉嵐道：「我是特地來給你送信的，保證你聽了會開心得滿地翻觔斗。」

胡歡想了想，道：「是不是金玉堂死了？」

葉曉嵐笑道：「你千萬不要咒他，他現在對我們還有用處，暫時還不能死。」

胡歡皺眉道：「除此之外，還會有什麼令人開心的消息？」

葉曉嵐往前湊了湊，神秘兮兮道：「你一定想不到，『無纓槍』汪大小姐已經離開北京，朝這裡趕來了。」

胡歡莫名其妙道：「她來不來，關我什麼事？」

葉曉嵐道：「誰說不關你的事？這次她是專程趕來救你的。」

胡歡楞了楞，道：「你有沒有搞錯？我跟她非親非故，她憑什麼來救我？」

葉曉嵐道：「只怕是你搞錯了，你是南宮胡家的後人，怎麼可以說跟她非親非故？」
胡歡臉色忽然變得比尚未復原的玉流星還難看，緊瞪著葉曉嵐，道：「告訴我，這是誰造的謠？是不是金玉堂？」
葉曉嵐輕輕鬆鬆道：「這種事何須造謠？江湖上幾乎每個人都知道。」
胡歡頓足嘆道：「唉！我完了，以後再也沒有好日子過了！」
葉曉嵐道：「如果你還想有以後，現在只有一條路可走。」
胡歡道：「哪條路？」
葉曉嵐道：「唯有藉重汪大小姐的力量，先保住性命再說。」
胡歡道：「你也未免太高估汪大小姐了。她只不過是個年輕女人，槍法就算不錯，功力也必定有限。至於她那群徒弟，更是不成氣候，她有什麼能力救我？」
葉曉嵐道：「但你也不能太低估她的實力，這兩年她師徒的名聲，在江湖上響亮得很。」
胡歡道：「那是因為她師徒每人都有一個強而有力的背景，一般人惹她們不起。」

葉曉嵐道：「我們要藉重她的也正是這些，只要有她全力保護你，縱然實力不足與神衛營抗衡，對方動起手來，也必定投鼠忌器，更何況我們背後還有個極具實力的神刀侯支援！」

胡歡怔了一下，道：「你們幾時跟神刀侯搭上的線？」

葉曉嵐道：「今天。」

胡歡若有所悟道：「我明白了，你們大概是把我賣了。說！你們答應了他幾成？」

葉曉嵐怔怔道：「幾成什麼？」

胡歡道：「金子。」

葉曉嵐道：「這跟金子有什麼關係？」

胡歡道：「你們不給他金子，他會答應跟你們合作？」

葉曉嵐笑笑：「你把事情整個想歪了。這次神衛營出動，侯府的目標比你還大，只要你把汪大小姐抓牢，你叫他們給你金子都可以商量。」

胡歡道：「我有什麼資格抓牢汪大小姐？你簡直在跟我開玩笑。」

葉曉嵐道：「不是開玩笑，是真的，只要你是南宮胡大俠的兒子，你就絕對有這種資格。」

胡歡恍然道：「哦！原來你們打算叫我冒充汪大小姐的未婚夫，對不對？」

葉曉嵐開心道：「對，這就是我跑來的目的。」

胡歡道：「這是誰出的主意？是不是金玉堂？」

葉曉嵐：「你錯了。直到現在為止，十三兄有沒有找到金玉堂還是個問題，這個主意完全是我們三個人想出來的。」

胡歡道：「真的是你們三個想出來的？」

葉曉嵐得意地點點頭，道：「你認為怎麼樣？還不錯吧？」

胡歡突然狠狠地咬了咬牙，道：「你們這三隻豬居然想出這麼個餿主意，你們想害死我是不是？」

葉曉嵐呆了呆道：「這是什麼話，我們是在救你啊。」

胡歡道：「救我？你們可曾替我想過，我一旦承認是南宮胡家的子嗣，反叛的帽子就戴定了，以後還摘得下來嗎？」

葉曉嵐道：「反正你現在想澄清這件事也不太容易，還是先保住性命要緊。」

胡歡道：「那麼汪大小姐呢？你們有沒有替她想想？她父兄均在朝裡做官，弟子中也不乏官宦之後，她們能正面與神衛營衝突嗎？」

葉曉嵐輕鬆一笑，道：「只要大家同心協力，將神衛營那批人殲滅，一切責任自有神刀侯承當，跟你、我以及汪大小姐師徒都沒有關係。」

胡歡搖頭嘆氣道：「小葉，你太天真了！神刀侯會不顧自己的身家性命，來替我們揹黑鍋？你認為可能嗎？」

葉曉嵐道：「可能，因為這正是十三兄找金玉堂商談的條件之一。」

胡歡道：「好吧！就算他們肯，那麼汪大小姐呢？事關她的名節，你叫她將來怎麼嫁人？」

葉曉嵐道：「她將來如何，是她們家的事，我們怎麼可能管得了那麼多？」

胡歡冷笑道：「抱歉，這種傷風敗俗的事，我不幹！」

葉曉嵐急急道：「現在箭已離弦，你不幹怎麼成？」

胡歡道：「為什麼不成？誰規定我一定要幹？」

葉曉嵐愁眉苦臉道：「要是你這時候一抽腿，你叫我們怎麼辦？」

胡歡道：「現在我就告訴你以後怎麼做，你仔細聽著。」

葉曉嵐怔道：「好，你說。」

胡歡道：「第一，千萬不要跟侯府合作，因為申公泰武功奇高，除了神刀侯本人之外，沒有一個人是他的敵手，如果我們抽手不管，侯府自會孤軍奮戰，一旦中途插手，他們反會坐收漁人之利，不到最後關頭，他們是絕對不會出動。你想，在他們出動之前，我們這群人還有命在嗎？」

葉曉嵐道：「照你這樣說，侯府也未免太不講道義了。」

胡歡道：「這是金玉堂的一貫伎倆，根本不足為奇。」

葉曉嵐道：「還有呢？」

胡歡道：「第二，如果侯府僥倖獲勝，金玉堂一定會將所有的責任都推到我頭上。最倒楣的不是我，而是秦十三，叫他千萬小心應付。」

葉曉嵐道：「為什麼最倒楣的是他？」

胡歡道：「你只要告訴他，他就會知道了。」

葉曉嵐道：「好，第三呢？」

胡歡道：「汪大小姐這些年一直在京裡專心授徒，從不在江湖上走動，一方面是因為受到神衛營的嚴密監視，另一方面也是在盡孝道。一旦汪老爺子一死，她必定不激而反，將來對整個武林以及忠義之士都大有裨益。像她這種忠孝節義俱全的女人，我們千萬不可以害她。」

葉曉嵐迷惑地望著他，道：「咦？她的事你怎麼知道得特別清楚？」

胡歡理也不理他，繼續說道：「第四，那批金子，你們還想不想要？」

葉曉嵐立刻道：「當然想。」

胡歡道：「想要金子，就得照我的話去做，否則到時候連看都不准你們看一眼。」

葉曉嵐道：「好，我會把你的話原原本本的傳達給他們。」

胡歡道：「第五，你現在也只有一條路可走。」

葉曉嵐道：「哪條路？」

胡歡抬手朝廟門一指，只見人影一閃，葉曉嵐一陣風似的衝出門外。

三

冷月當空。

葉曉嵐如約趕到縣衙的側門。

門是開著的，秦十三好像在等他，正坐在一排矮房前的廊簷下。

房裡沒有點燈，月光已足夠亮，亮得連葉曉嵐臉上無精打采的表情都可以瞧得清清楚楚。

秦十三一直望著他，直待他走近，才道：「他不肯？」

葉曉嵐道：「嗯。」

秦十三道：「金玉堂早就料定，他一定不肯幹的。」

葉曉嵐道：「你已經見過金玉堂了？」

秦十三道：「見過了。」

葉曉嵐唉聲嘆氣道：「糟糕，我們自己已經鑽進人家的圈套裡。」

秦十三沉著道：「他還對你說了些什麼？」

葉曉嵐道：「他叫我轉告你們四件事，第一件就是絕對不能跟侯府合作。」
秦十三道：「理由呢？」
葉曉嵐道：「合作，我們拚命，他們看；不合作，他們拚命，我們看。」
秦十三道：「哦？」
葉曉嵐道：「他強調申公泰的武功奇高，除了神刀侯親自出馬，任何人都不是他的敵手，當然也包括汪大小姐在內，所以縱然他肯抓牢汪大小姐，對我們也仍是死路一條。」
秦十三只點了點頭，一絲驚異之色都沒有，彷彿一切都在他的預料之中。
葉曉嵐道：「第二，事後金玉堂必將一切責任推在我們頭上，到時候最倒楣的不是他，而是你！」
秦十三怔了怔，道：「哦？為什麼？」
葉曉嵐道：「他說理由你自己應該知道。」
秦十三歪著腦袋想了半晌，道：「第三件呢？」
葉曉嵐道：「不要害汪大小姐。」
秦十三道：「最後一件，是不是如果我們不照他的話去做，金子就沒有了？」

葉曉嵐道：「是。」

秦十三笑笑，抬手一招，「鬼眼」程英已從黑暗的房裡走出來。

秦十三道：「有沒有空房？」

程英道：「有，七號房剛好空出來。」

秦十三道：「把他送進去，沒有我的命令不得放人！」

話沒說完，程英已將葉曉嵐的手臂抓住。

葉曉嵐大驚道：「十三兄，你要幹什麼？」

秦十三道：「別緊張，我只是替你安排個林劍秋絕對找不到的地方，讓你好好休息兩天。」

× × ×

矮房裡亮起了燈。

燈下坐著一個人，竟然是「神機妙算」金玉堂。

秦十三取出鼻煙猛吸了幾下，接連打了幾個噴嚏，緩緩道：「現在我們可以談談了。」

金玉堂淡淡笑道：「還可以談嗎？」

秦十三道：「當然可以。」

金玉堂道：「金子不想要了？」

秦十三道：「金子照要，話照談。」

金玉堂哈哈一笑，道：「秦頭兒快人快語，實在令人佩服。」

秦十三道：「可是金總管也莫要誤會，在下雖然不才，卻也不是出賣朋友的人。」

金玉堂道：「哦？」

秦十三道：「所以合作暫緩，如果金總管有興趣的話，我們不妨先來點零星交易。」

金玉堂道：「只要秦頭兒有誠意，金某極願奉陪。」

秦十三道：「金總管儘管放心，在下不至於糊塗到敢在閣下面前耍花樣那種地步。」

金玉堂又是哈哈一笑，剛想開口，卻忽然將話收住，目光閃電般投向門外。
秦十三早已飛快地迎了出去。
月光映照下，但見短小精悍的王得寶直衝進來。
幾乎在同一時間，有個人已輕飄飄地落在廊簷下。
只見那人朝秦十三一拱手，道：「在下侯府陳平，請問敝府金總管可在裡面？」
秦十三和王得寶兩人全都楞住了。
金玉堂已不慌不忙地走到陳平面前，道：「什麼事？」
陳平道：「啟稟總管，城裡有個年輕女子，到處在打聽浪子胡歡的下落。這件事該當如何處理，請總管指示。」
金玉堂含笑不語，只默默地望著秦十三。
秦十三卻苦笑著望著王得寶，道：「你匆匆趕回來，莫非也是為了這件事？」
王得寶笑瞇瞇地點點頭。
秦十三道：「你是在路上摔了一跤，還是撒了泡尿？為什麼一定要比人家慢一步？」

王得寶笑容不減，道：「因為人家是『快腿』陳平，本事都在腿上，而屬下的本事卻在眼睛上，屬下只看了一眼，就知道那女人是『無纓槍』汪大小姐門下。」

秦十三微微一怔，道：「你不會看錯吧？」

王得寶道：「屬下敢拿腦袋打賭，絕對錯不了！」

秦十三想了想，道：「好，現在你就到西郊那座破廟附近去等，少時一定會有人跟她動手，看過之後，你再來告訴我，她究竟是不是汪大小姐的徒弟。」

王得寶道：「要不要先去指引那女人一下？」

秦十三道：「不必，通風報信讓腿快的人去幹，你只要先趕到那裡，仔細瞧清楚就夠了。」

王得寶答應一聲，笑瞇瞇地退了下去。

秦十三回望著金玉堂，臉上充滿了得意之色。

金玉堂笑笑道：「陳平。」

陳平道：「屬下在。」

金玉堂道：「秦頭兒的話，你都聽清楚了吧？」

陳平道：「聽清楚了。」

金玉堂道：「馬上通知那女人一聲，就說胡歡在西郊那座破廟裡，順便也把你的身分告訴她。秦頭兒既然把這個人情賣給咱們，咱們就乾脆領受到底。」

陳平口裡答應著，人已失去蹤影。

金玉堂搖首嘆息道：「想不到汪大小姐的腳步倒也快速得很，真是後生可畏。」

秦十三得意道：「所以在下的本錢遠比金總管想像的要充足得多。」

金玉堂道：「如果胡歡堅持否認呢？」

秦十三笑笑道：「他愈否認，汪大小姐愈相信，久而久之，假的都會變成真的。」

金玉堂也笑了笑，道：「看樣子，咱們真有好好談一談的必要了。」

秦十三道：「只希望金總管也拿出點誠意來，莫叫在下太吃虧才好。」

四

夜已深，酒將盡。

胡歡醉眼惺忪的看了正在調息中的玉流星一眼，終於將最後一杯酒也喝下去，身子往後面一仰，酒意睡意俱來，轉瞬間已發出輕微的鼾聲。

閃爍的燭光下，玉流星忽然睜開眼睛，悄悄爬到胡歡身邊，輕輕地從他懷裡摸出那只小布袋，小心翼翼地打開一瞧，不禁跳了起來，原來袋子裡除了幾枚制錢之外，再也沒有其他東西。

胡歡翻了個身，鼾聲如故。

玉流星突然撲上去，在他身上又捶又扭道：「姓胡的，你怎麼可以騙我？」

胡歡夢囈般道：「妳可以騙我，我為什麼不可以騙妳？」

玉流星一時無言以對，兩眼一翻一翻地坐在胡歡身旁發楞。

胡歡指著自己的肩膀，道：「這裡，這裡。」

玉流星怔怔道：「什麼這裡？」

胡歡道：「妳不是要替我按摩嗎？」

玉流星道：「我才不要替你按摩呢！我要掐死你！」說著，撲到胡歡身上，真的把他的頸子捏住。

胡歡一個翻滾，整個將玉流星壓在身下，身體扭動著道：「妳不替我按，我替妳按。」

玉流星雙手立刻鬆開，原本蒼白的臉孔已漲得通紅，呼吸也逐漸緊促，最後連眼睛也閉了起來。

就在這時，遠處忽然響起一陣急遽的馬蹄聲。

蹄聲由遠而近，轉眼已到廟前。

只聽廟外有人呼喝道：「這是侯府待客之所，請來人轉道！」

一聲馬嘶，蹄聲頓止。

玉流星睜開眼，道：「原來這些東西是金玉堂送來的！」

胡歡翻身坐起，道：「其實我們早該知道，除了他，別人的手腳不可能這麼快。」

說話間，清脆的兵刃交鳴之聲不斷傳進來。

玉流星道：「好像有人硬闖！」

胡歡道：「妳身體恢復得怎麼樣？能不能動手？」

玉流星站起來，活動了一下，道：「如果再休息個兩三個時辰，就差不多了。」

胡歡抓起短刀，扔給她，道：「找個地方躲起來，在我躺下之前，妳不必出手。」

玉流星也不客氣，身子一擰，已上了橫樑。

突然「砰」的一聲，廟門已被撞開，只見一個勁裝少女挺槍而入，三名持劍大漢也跟在她身後衝了進來。

那少女身材已不算矮小，手上一桿雪亮的槍卻比人還高，一雙烏溜的眸子瞧了胡歡半晌，才道：「我可以進來嗎？」

胡歡無可奈何道：「妳已經進來了。」

那少女指指楞在身後的三名大漢，道：「他們可以出去嗎？」

胡歡失笑道：「他們當然可以出去。」

那三名大漢互望一眼，「唰」的一聲，同時還劍入鞘，同時退了出去。

那少女往前走了幾步，輕輕道：「你大概就是胡師伯吧？」

胡歡皺眉道：「師伯？」

那少女道：「嗯，我是汪大小姐的弟子，不叫你師伯叫什麼？」

胡歡苦笑：「姑娘大概是找錯人了，我跟令師一不沾親，二不帶故，師伯這個稱呼，實在不敢接受。」

那少女驚訝道：「咦？你難道不是浪子胡歡？」

胡歡道：「我是浪子胡歡，卻絕對不是妳的師伯。」

那少女遲疑道：「那我該叫你什麼？」

胡歡道：「最好妳什麼都不要叫，趕快回去，以後見了面也只當不認識我。」

那少女道：「那怎麼可以！如果你是我師父要找的人，豈不是失了禮數？」

胡歡道：「我向妳保證，我絕對不是妳師父要找的那個人，所以禮節的問題，妳根本就不必放在心上。」

那少女想了想，猛一搖頭道：「不成，我還是暫時叫你師伯好了，反正我師父三五天就可趕到，那時一切即知分曉。」

胡歡無奈地嘆了口氣，道：「好吧！妳叫也叫過了，如果沒有事，妳可以走了。」

那少女道：「等一等，有幾句話，我還沒有轉告給師伯呢！」

胡歡道：「誰的話？」

那少女道：「當然是我師父的話。」

胡歡打了個哈欠，道：「妳說，簡單扼要的說，不要耽誤我睡覺的時間。」

那少女眸子轉了轉，道：「我師父叫師伯不要擔心，只要再撐幾天，等我師父一到，萬事都可解決。」

胡歡哭笑不得道：「哦？妳師父的本事好像還真不小！」

那少女道：「嗯，大得很呢！連那些成名多年的人物，都不得不對她禮讓三分。」

胡歡道：「還有呢？」

那少女又想了想，道：「還有，我師父說那姓侯的不是好人，要師伯提防他一點。」

胡歡蹙眉道：「她指的可是神刀侯？」

那少女道：「對，聽說神刀侯年輕的時候原本叫『快刀』侯義，後來刀法愈來愈神，卻把義字給忘了。你想這種人不提防他一點，成嗎？」

胡歡道：「哦。」

那少女又道：「尤其是他手下的金玉堂，更是壞得不得了，跟他說話都得特別當心，以免上了他的當。」

胡歡道：「哦，還有嗎？」

那少女忽然目光四掃，道：「我師父還說，最近這一帶時常有狐狸精出沒，叫師伯小心，千萬別被她迷住。」

話沒說完，玉流星已凌空而下，刀光一閃，直向那少女砍去。

那少女槍身一頓，身形已然翻起，人在空中，長槍已如雨點般刺出。

玉流星身法雖無過去輕靈，招式卻變化多端、詭奇無比，但那少女竟將一桿長槍使得猶如繡花針一般，既輕巧、又細膩，每一招的動作都韻味十足，看上去彷彿在舞蹈一般。

胡歡一旁看得不禁暗自喝采，他雖久聞汪大小姐的無纓槍式如何優美，但親眼所睹還是第一遭。

剎那工夫，兩人已拆了十幾招，只聽那少女一聲嬌喝，槍身一掄，硬將玉流星逼了回來。

那少女收槍後退兩步，直挺挺地站在那裡，看上去倒很有點大將之風。

玉流星喘了口氣，又想衝上去，胡歡急忙把她拉住，重新打量那少女一陣，道：「姑娘是李艷紅，還是沈貞？」

只因汪大小姐眾多弟子中，以李、沈兩人在江湖上最負盛名，胡歡深信這少女必定是兩人中的一個。

誰知那少女卻哼了一聲，道：「如果換了我兩位師姐，這女賊哪裡還有命在？」

玉流星作勢欲撲，又被胡歡止住。

胡歡微笑著道：「請問姑娘在令師座下排行第幾？」

那少女道：「第九，我叫杜雪兒，今後還請師伯多加教誨。」

胡歡道：「不敢當，請問妳離開令師多久了？」

杜雪兒道：「整整一個月了。」

胡歡臉色陡然一沉，道：「妳年紀輕輕，膽子倒不小！妳知道假傳師命是什麼罪過嗎？」
杜雪兒頓時楞住了，一張高高興興的臉孔也馬上走了樣。
胡歡道：「幸虧我不是妳師伯，否則的話……哼哼！妳猜我會怎麼樣？」
杜雪兒囁囁著道：「你……你會怎麼樣？」
胡歡眼睛一瞪，兇巴巴道：「我非把妳的屁股打爛不可！」
杜雪兒不禁嚇了一跳，連臉色都已嚇白，好像這輩子還沒有聽過如此粗暴的話。
胡歡冷笑著道：「我這個人脾氣一向不太好，所以最好在我發火之前妳趕快走，順便也告訴妳師父一聲，叫她趕緊回去。」
杜雪兒怔怔道：「回哪兒去？」
胡歡道：「從哪兒來，回哪兒去。」
杜雪兒愁眉苦臉道：「可是……萬一我師父回去了，師伯怎麼辦？」
胡歡冷冷道：「我過去從來未見過她，還不是活得蠻好？為什麼一定要靠她？」
杜雪兒楞了半晌，道：「師伯是否還有別的話讓我轉告家師？」

胡歡道：「還有一句話。」
杜雪兒記道：「什麼話？」
胡歡道：「叫她的徒弟們永遠不要再叫我師伯，我還年輕，我不喜歡人家這樣稱呼我！」
杜雪兒黯然拆槍，一桿八尺長的槍身，剎那間已拆成三節，很快的收進繫在背上的一只皮匣中，然後恭恭敬敬地向胡歡別過，默默走出廟門，臨出門還狠狠地瞪了玉流星一眼。
玉流星一腳將燭臺踢倒，擰身縱上橫樑。
胡歡忙將燭火重新點起，莫名其妙道：「咦？妳這是幹什麼？」
玉流星道：「吃醋。」
胡歡失笑道：「妳又不是我老婆，妳吃哪門子的醋？」
玉流星大吼道：「人家師父徒弟們都可以吃，我為什麼不能！」

五

杜雪兒神情落寞，坐騎也顯得無精打采，隻身孤騎，緩緩行馳在荒郊路上。月色淒寒，四周渺無人跡，路旁有片樹林，林中昏鴉忽然驚起。

杜雪兒急忙勒韁，馬嘶蹄舞間，無纓槍已然接合，緊緊握在手裡。

就在這時，十幾條人影分自林內掠出，並排阻住她的去路，月光映照下，每個人都已亮出兵刃。

杜雪兒略一遲疑，突然挺槍縱馬，直向那批人衝了過去。

長槍本就是馬上兵刃，當年汪、胡兩家的祖先都是沙場名將，一槍一劍曾為先朝立下不少汗馬功勞，傳到汪老爺子和胡大俠這一代，兩家尚有往來，是以才結成兒女親家。

後來由於胡大俠遇害，汪家卻已入京為官，兩姓的關係才漸漸被江湖中人淡忘。然而自幼許身胡家的汪大小姐卻立志不二，專心鑽研槍法，終於被她創出這套名震天下的無纓槍法。

所以杜雪兒長槍揮舞，如同沙場名將一般，威風凜凜、銳不可當，殺喊聲中已連創數人。

誰知正在她即將脫出重圍之際，只覺得槍身一沉，雪亮的槍身已被一對鋼環鎖住。

對方是個粗壯的大漢，兩臂肌肉暴起，臉上掛著一股獰笑，鎖住槍身的雙環猛的一拽，硬將杜雪兒拉下馬來。

只聽杜雪兒一聲嬌喝，槍身突然中分，槍尖已刺進那大漢的咽喉。那大漢臉型扭曲，雙目凸出，像座小山般轟然倒了下去，目光中充滿難以置信的神色，好像至死都不相信無纓槍竟然如此玄奇。

這時另外幾人早已撲上來，將杜雪兒圍住。

杜雪兒一人一槍，勇不可當，但她力氣到底有限，時間一久，已露敗象。

就在最緊張的時刻，突然林中又竄出一條人影，幾個起落，已到眾人面前。來的赫然是侯府總管金玉堂。

圍攻杜雪兒那批人不約而同的躍出圈外，每個人見到他，都像碰到鬼一般，轉身便跑，連頭都不敢回一下，剎那工夫已跑得一個不剩。

杜雪兒也趁機縱上馬鞍，以詫異的眼光瞪著他。

金玉堂一任那些人逃走，也不追趕，只望著杜雪兒，道：「姑娘好俊的槍法。」

杜雪兒道：「我想閣下的功夫也一定錯不了。」

金玉堂笑了笑，朝那手持雙環大漢的屍體看了一眼，搖頭嘆息道：「奪命雙環在江湖上也算個硬角色，想不到竟糊裡糊塗的死在姑娘槍下。」

杜雪兒道：「我看他也沒什麼了不起嘛！」

金玉堂又笑了笑，道：「請問姑娘在汪大小姐門下排行第幾？」

杜雪兒道：「第九。」

金玉堂道：「哦，是杜姑娘。」

杜雪兒道：「方才多謝閣下解圍，還沒請教閣下貴姓？」

金玉堂道：「在下姓金，草字玉堂。」

杜雪兒不僅人嚇了一跳，連馬好像都吃了一驚，接連朝後退了幾步才停下。

金玉堂道：「姑娘可是要趕回去會見令師？」

杜雪兒想了想，道：「是啊！」

金玉堂道：「姑娘方才可曾見過妳胡師伯？」

杜雪兒又想了想，道：「見過，可是他不喜歡人家叫他師伯。」

金玉堂訝然道：「為什麼？」

杜雪兒剛想開口，又急忙收住，想了想才道：「他說他年紀還輕，不喜歡人家這樣稱呼他。」

金玉堂道：「這是輩分問題，跟年紀有什麼關係，有的十幾歲就有人叫他爺爺了。」

杜雪兒道：「就是嘛！」

金玉堂道：「妳根本就不要理他，該叫照叫，他能把妳怎麼樣？」

杜雪兒忙道：「那可不成！他脾氣不好，萬一發起火來，那就糟了。」

金玉堂道：「誰說他脾氣不好？」

杜雪兒道：「他自己說的。」

金玉堂哈哈一笑，道：「他是唬妳的，其實他脾氣好得不得了，否則怎會朋友一大堆？」

杜雪兒斜著眼，咬著嘴唇，深以為然地直點頭。
金玉堂突然把聲音壓低，道：「方才妳師伯有沒有交給妳什麼東西？」
杜雪兒莫名其妙道：「他會交給我什麼東西？」
金玉堂道：「譬如一張紙，或是一封信，當然是叫妳轉給妳師父的。」
杜雪兒道：「哦，有是有……」
金玉堂神色不變，靜靜地等著下文。
杜雪兒道：「不過只是口信。」
金玉堂道：「口信？」
杜雪兒道：「嗯，說什麼叫我師父從哪兒來，回哪兒去，你說像話嗎？」
金玉堂道：「不像話，簡直太不像話了！令師為他遠道趕來，也是天經地義的事，他怎麼可以拒人於千里之外呢？」
杜雪兒道：「而且他還說跟我師父一不沾親，二不帶故，好像存心要把我師父跟他的事推掉一樣，你說氣不氣人？」
金玉堂道：「這件事姑娘倒不必生氣，我想他這麼做，也是為了顧全妳們。」

杜雪兒疑惑道：「這話怎麼說？」

金玉堂道：「妳想他一旦承認下來，不僅他跟妳師父今後無法安身，連妳們這群做徒弟的都不免受到牽連。他一個人倒無所謂，可是妳們師徒卻個個拖家帶眷，到時如何得了？」

杜雪兒怔了怔，道：「對呀！我怎麼未曾想到？我還以為他是為了身邊那個女賊呢！」

金玉堂道：「那女賊跟他素無瓜葛，只是在動他懷裡那批東西的腦筋，如果姑娘在意，明天我就想辦法把她趕走。」

杜雪兒訝然道：「咦？你好像是在幫我們！」

金玉堂道：「不是好像，是一直，如果沒有我幫忙，妳能這麼快就見到妳師伯嗎？」

杜雪兒道：「為什麼？是跟我師伯原本有交情，還是也在動他懷裡那東西的腦筋？」

金玉堂笑笑道：「不瞞姑娘說，交情也有，東西也想要，不過那批東西太重了，憑我們侯府一家是搬不動的。」

杜雪兒道：「你想合作？」

金玉堂道：「不錯。」

杜雪兒道：「有誠意嗎？」

金玉堂道：「不能沒有，因為這次動這批東西腦筋的人太多，少分一點也總比落空好，妳說是不是？」

杜雪兒道：「好，那麼就有勞金總管多支撐幾天，等家師趕到，萬事都好商量。」說完，提韁抹馬，就想上路。

金玉堂急忙道：「姑娘慢走！在下還有事情請教。」

杜雪兒回道：「什麼事？」

金玉堂道：「這次令師真的能趕來嗎？」

杜雪兒道：「為什麼不能？」

金玉堂道：「神衛營那批人已監視令師多年，他們肯讓她離開北京嗎？」

杜雪兒冷笑道：「『神機妙算』，這次你失算了！你以為阻攔我們師徒，是那麼容易的事嗎？」

冷笑聲中，人馬已如離弦箭般衝了出去。

金玉堂呆呆地站在那裡，直到杜雪兒的影子完全消失，才自言自語道：「好像不太容易。」

第六回 無纓槍

一

凌晨。

天寒地凍，北風刺骨，北國的荒原充滿了肅殺之氣。

汪大小姐端坐在寒風裡。

端莊、美貌的臉上沒有一絲表情，只默默地凝視著遠方。

在江湖上極負盛名的李艷紅，就站在她身旁。

姑蘇李家本是書香門第，李艷紅自幼便具才名，後來也不知為什麼，竟然帶著她過人的才智投到汪大小姐門下，幾年來，不僅將槍法練得出神入化，也替師門承擔了不少繁雜事務，儼若汪大小姐的左右臂。

所以只要汪大小姐到哪裡，李艷紅一定隨侍在側；只要李艷紅出現，汪大小姐也必在附近。

李艷紅身後不遠的一棵小樹上繫著兩匹馬，顯然是師徒兩人的坐騎。

汪大小姐一向注重騎術，每個弟子的馬上功夫都不錯，也許是由於要與槍法配合，也許是她早已想到總有一天會拋棄養尊處優的日子，騎著馬去闖蕩江湖。

曉風削面而過，東方已現紫霞，遠處隱隱現出了一個朦朧的騎影。

李艷紅道：「來了。」

汪大小姐只用鼻子應了一聲。

李艷紅道：「這傢伙好囂張，居然敢一個人跑來！」

汪大小姐道：「如以刀法而論，『五虎斷門刀』韓江的確有他囂張的理由，只可惜……」

李艷紅立刻接道：「只可惜他這次的對手是『無纓槍』汪大小姐。」

汪大小姐淡淡一笑，神態間充滿了自信。

騎影愈來愈近，轉眼已馳進清晰可見的距離。

馬上的「五虎斷門刀」韓江好像也已發現汪、李兩人，騎速立刻慢了下來。

汪、李不言不動，靜待來騎走近。

尚在五丈開外，韓江就已勒韁下馬，隨手將懸掛在鞍旁的兵刃取下。

汪、李依舊不言不動，只遠遠地望著他。

韓江一步步走上來，他身材修長，腳步沉穩，極具大將之風。

但汪大小姐卻根本沒將他放在眼裡，直到此刻，連槍還裝在李艷紅背上的皮匣中。

韓江停步笑道：「幸好妳還沒有走遠，否則對我倒真是個麻煩。」

汪、李嘴角同時泛起一抹冷笑。

韓江道：「聽我良言相勸，還是趕緊回去吧！江湖上風浪大得很，哪兒有在京城舒服？」

汪大小姐冷冷道：「韓江，你一向工於心計，卻接連做了兩件糊塗事。」

韓江道：「哦？什麼事？」

汪大小姐道：「第一，你不該離開京城；第二，你不該一個人來。」

韓江道：「我為什麼不能離開京城？我為什麼不能一個人來？」

汪大小姐道：「你屈居神衛營次座多年，如今機會來了，你卻輕離走險，豈不等於自毀前程？」

韓江笑笑。

汪大小姐道：「你匹馬單刀趕來，更是糊塗透頂，等於截斷自己的回頭路。」

韓江道：「妳能斷定我回不去？」

汪大小姐道：「能，因為你根本不是我的對手。」

韓江昂首一陣狂笑。

汪、李只冷冷地瞪著他。

韓江臉色一冷，道：「汪大小姐，妳太狂了，妳也太小看我韓某了！妳當我是土豆？妳當我沒見識過妳們汪家那套破槍法？」

汪大小姐輕蔑地笑笑，道：「你一定沒見過。」

韓江道：「妳的槍呢？」

汪大小姐朝旁邊一指，剎那間李艷紅已將槍接好。

韓欲拔刀，橫目睥睨。

李艷紅笑瞇瞇道：「不要害怕。我們師徒兩人只帶了一桿槍，我師父說對付你這種土老頭，一桿槍已經足夠了。」

韓江臉上又是一陣狂笑，笑聲一停，刀已出鞘，刀鞘往旁邊一甩，喝道：「請！」

汪大小姐不慌不忙地站起來，左手接槍，右手鬆開頸間的披風帶子，直待李艷紅將披風及坐椅收走，才緩緩道：「你先請，不必客氣。」

韓江難以置信道：「妳叫我先出手？」

汪大小姐淡淡道：「不錯，如果被我搶到先機，只怕你就再也沒有進攻的機會了。」

韓江冷笑道：「汪大小姐，拿出真功夫來吧！韓某身子重，靠吹大氣是吹不倒的。」

汪大小姐道：「你不信？」

韓江道：「但願妳能使我相信。」

汪大小姐喝了聲：「好！」無纓槍已電般刺出，轉瞬間已接連刺出一十三槍，快如電光石火，招招不離韓江要害。

韓江左閃右避，好不容易抓到空隙，揉身欺近汪大小姐，一刀砍了出去。

誰知汪大小姐分明刺出的槍尖，竟忽然從脅下竄出，靈蛇吐信般直奔韓江的咽喉。

韓江大吃一驚，連連倒退幾步，才勉強逃過意外的一擊。

汪大小姐收槍挺立，淡淡道：「如何？」

韓江再也不敢托大，鋼刀舞動，連環劈出，招招威力無比。

汪大小姐槍法輕靈，攻守之間更是韻律十足，遠遠望去，宛如翩翩起舞，姿態優美絕倫。

轉眼已纏戰三十幾個回合，正在難解難分之際，韓江突然退出戰圈。

汪大小姐挺立不動，右手高舉，無纓槍猶如一柄巨傘般在手中不停地旋轉。

只見韓江凝神運氣，刀法陡然一變，刀風虎虎，閃電般又撲了上來。

江大小姐面露疑色，連避十幾招之後，才開始出槍反擊。

雙方有攻有守，又是十幾回合過去，突然兩人同時朝後躍開。

汪大小姐滿面疑容地呆望著韓江。

韓江也怒目回視著汪大小姐，鋼刀卻忽然自手中滑落，鮮血順指滴下。

汪大小姐道：「你走吧！回去等著那個機會吧！」

韓江冷笑道：「汪大小姐，妳也莫要得意，以妳目前的功力，碰到厲害的角色，能夠支持個三五十招就算不錯了。」

汪大小姐吃驚道：「哦？」

韓江道：「但願妳還能夠回來，我們找個機會再較量一場。」

李艷紅一旁道：「那你就趕快去找大夫吧！萬一廢了一條膀子，就更不是我師父的對手了。」

韓江冷冷一笑，拾刀上馬，揚長而去。

李艷紅替師父披上披風，道：「這傢伙倒也想得開，好像根本就沒將勝負放在心上。」

汪大小姐嘆了口氣，道：「妳錯了，方才他是故意敗給我，最後那二十幾招，他使的根本就不是五虎斷門刀。」

李艷紅詫異道：「那是什麼刀法？」

汪大小姐道：「當然是申公泰的壓箱絕招。」

李艷紅恍然道：「哦，原來他是存心不想讓申公泰回去！」

汪大小姐點點頭，道：「可是如果申公泰的武功，連我也只能抵擋三五十招，又有誰能留得住他呢？」

李艷紅悄悄望著師父的臉，試探著道：「但不知胡師伯的武功如何？」

汪大小姐道：「他的武功如何並不重要。」

她眺望著天邊，喃喃道：「重要的是他還活著，在我們趕到之前他還能夠活著。」

二

胡歡睜開眼睛，翻身坐了起來。

他首先看到一鍋熱氣騰騰的稀飯，後來才發現玉流星坐在矮桌旁。

玉流星病容盡去，打扮清新，正用銀簪在飯菜中試毒。

胡歡打量著，道：「妳用什麼洗的臉？」

玉流星道：「稀飯。」

胡歡微怔道：「難怪妳滿臉都是騷疙瘩，難看死了！」說完自己也覺得不像話，哈哈大笑著朝後殿走去。

當他再走出來的時間，玉流星早已將飯盛好。

他端起飯碗，拿起筷子，道：「沒問題吧？」

玉流星道：「大概不會有問題。神刀侯想殺我們，大可明來，何必暗施手腳？」

胡歡深以為然的點點頭，筷子在稀飯中攪了攪，就想入口。

玉流星突然叫道：「等一等！」

「噹」地一聲，銀簪已插進胡歡的碗中。

銀簪變色，胡歡的臉孔也變了顏色。

門外已有幾條黑影在閃動。

胡歡恨恨道：「他媽的！原來在筷子上！」說話間，抓起兩枝筷子，抖手打了出去。

門外立刻響起一聲慘叫。

玉流星抄起短刀，剛想撲出廟門，只見一個黑衣人疾衝而入，從她身邊閃過，直取裡面的胡歡。胡歡卻坐在桌前動也不動。

那黑衣人反倒愣住，一柄刀舉在半空，也不知應不應該砍下去。

胡歡左手端碗，右手持筷，指指點點道：「你是要東西，還是要人？」

黑衣人道：「沒有東西，就要人。」

胡歡道：「要東西就好辦。來，先坐下來陪我吃碗稀飯。」話沒說完，滿碗稀飯已然潑出，兩枝筷子也同時甩了出去。

慘叫聲中，那黑衣人的身子已慢慢彎了下去。

沒等黑衣人躺下，胡歡已飛身將玉流星撲倒，剛好把她壓在下面。

「咚咚」幾聲輕響，幾隻暗器越頂而過，接連打在廟堂的柱子上。

玉流星既沒有看那暗器一眼，也沒有感謝的意思，一把扭住胡歡的領口，道：「你說，我的騷疙瘩長在哪裡？」

胡歡嘻嘻笑道：「要不要我替妳擠出來？」

玉流星道：「你擠，你擠。」

胡歡當然沒有東西好擠，卻突然將玉流星的嘴捂住。

只聽廟外有人道：「咦？這些人見到我們怎麼跑掉了？」

另外一個人道：「八成是沒幹好事，做賊心虛。」

正在打情罵俏的兩個人，立刻相顧失色。

胡歡道：「第一個人好像是林劍秋！」

玉流星點頭。

胡歡道：「第二個人呢？」

玉流星道：「一定是『掌劍雙絕』高飛。」

這時林、高兩人已到了門前。

只聽林劍秋道：「這不是蜀中唐門的人嗎？」
高飛笑著道：「看樣子越來越熱鬧了。」
胡歡就地一滾，已將寶劍抓在手裡，同時拿起一個飯碗朝後殿扔去。
後殿一聲輕響，前面馬上人影一晃，顯是其中一人已飛向廟後。
兩人打了個眼色，同時撲出門外。

三

階下一具屍體，已面呈黑色。

屍體旁邊的林劍秋，臉色也不太好看。

胡歡故作輕鬆道：「咦？這老傢伙怎麼還沒死？」

玉流星冷冷道：「快了。」

林劍秋笑了笑，道：「玉流星，妳不是一向都很正經嗎？怎麼跑到這兒來偷會小白臉？」

胡歡忍不住摸摸自己的臉。

玉流星道：「姑奶奶高興，你管得著嗎！」

林劍秋冷笑道：「如果少了一條大腿，不知人家還敢不敢抱妳？」

玉流星道：「有本事，就來拿吧！」說著，一招「玉女投懷」，人刀同時投向林劍秋。

胡歡拔出寶劍，正想上前相助，「掌劍雙絕」高飛的劍已從後面刺到。

胡歡頭也沒回，反手刺出一劍，十分巧妙的將高飛的劍撥開。

高飛躍下石階，道：「這浪子胡歡的劍法，好像還不錯嘛！」

話當然是對林劍秋說的，可是胡歡卻已搶著道：「刀法也高明得很。」話沒說完，劍已劈出，果然是以劍當刀，連削帶砍，將高飛逼退好幾步。

林劍秋也連施殺手，把玉流星逼出很遠，忽然撲向胡歡，雙劍夾擊，硬想先將胡歡置於死地。

玉流星急忙撲過來，奮不顧身地衝入戰圈。

混戰中，高飛突然劈出一掌，只聽「砰」的一聲，結結實實擊在玉流星身上。

玉流星借力翻出，落地時仍然把樁不穩，踉蹌倒退幾步，一跤摔在地上。

胡歡在兩劍合攻之下備感吃力，險象環生。

玉流星趕緊從懷裡取出兩塊碎銀，先後打了出去，第一塊，尚未射到，第二塊已撞到第一塊，兩塊碎銀突然轉向，分擊林、高兩人要害。

林、高急忙閃避，相顧大吃一驚，兩人絕沒想到玉流星暗器手法竟如此之高。

胡歡壓力一減，立刻拍腿喝道：「好手法！」
玉流星傲然一笑，又是兩錠銀子抖手疾射而出。
胡歡乘亂一陣急攻，只逼得高飛手忙腳亂，險些栽在他手上。
只見高飛往前一滾，銀塊擦衣而過，而林劍秋卻是一聲悶哼，那錠銀子剛好打中了他的肩骨。
林劍秋傷痛之餘，再也不顧同伴死活，提劍直奔玉流星，看他那副來勢洶洶的樣子，已不像只要她的腿，而是非要她的命不可。
玉流星又將手伸進懷裡，可惜懷裡再也沒有可打的東西，情急之下，連那柄短刀也扔了出去。
林劍秋身形一晃，短刀已落空，人也緩緩走到玉流星面前，臉上露出了恐怖的獰笑。
就在這時，忽然出現一條人影，無聲無息地接住尚未落地的短刀，閃電般刺進林劍秋的後心，行動之快，簡直令人難以置信。
林劍秋連聲音都沒喊出，就已直挺挺地栽倒在玉流星腳下。
玉流星這才發覺那人竟是神刀侯。

神刀侯笑瞇瞇地望著她，道：「玉流星，妳這次可闖下了大禍！殺官造反，罪名可不輕啊！」

玉流星楞了半晌，才道：「侯爺真會開玩笑，人是你老人家殺的，跟我有什麼關係？」

神刀侯笑笑道：「別把城裡的捕快們當傻瓜，量量傷口，再想想妳過去跟林劍秋的恩怨，妳說不是妳殺的，他們會相信嗎？」

只聽有人遠遠接道：「他們當然不會相信，連我都不相信。」

說話間，金玉堂瀟瀟灑灑地走出來。

玉流星慌張道：「金總管！」

金玉堂笑著道：「如果我是妳，早就溜了，死纏著胡歡有什麼用？命要緊啊！」

玉流星恍然大悟道：「原來你們想陷害我？」

金玉堂道：「不是害妳，是救妳。這批東西太重，不小心會被壓死的。」

胡歡急攻幾招，忽然收劍，道：「掌劍雙絕我已領教過了，不知閣下高飛的功夫怎麼樣？」

高飛愕然瞪著胡歡，一時搞不懂他的話裡的含義。
胡歡道：「我的意思是說，不知閣下往高處飛的功夫怎麼樣？」
高飛匆忙回顧，這才發現了神刀侯和金玉堂，當然也發現了林劍秋的屍體，臉色不禁大變。
胡歡道：「閣下要走就快，再遲就走不掉了。」
話說完，高飛已騰身而去。
遠處的金玉堂也隨之掠起，口中大喝道：「侯爺，快！」
神刀侯身形一擺，人已到了牆外。
胡歡急忙跑過來，緊緊張張道：「妳還坐在地上幹什麼？還不快走！」
玉流星身還沒站直，就已跺腳道：「你方才為什麼把高飛放走？」
胡歡拔出插在林劍秋背上的短刀，往玉流星手裡一塞，道：「傻瓜，高飛不走，我們還走得成嗎？」
玉流星道：「為什麼走不成？神刀侯真要抓我們，就不會去追趕高飛了。」
胡歡嘆道：「那是因為殺高飛滅口，比抓我們更重要！」
說完，把玉流星一抓，兩人飛快地朝相反的方向奔去。

兩人奔到林邊，忽然停住腳步。

路旁的大樹下躺著兩具屍體，正是林劍秋的兩名侍衛。

胡歡走近一看，只見每具屍體的頸上都有兩個制錢大小的斑點，一黑一紅，顏色分明，不禁訝然道：「咦？這是什麼功夫傷的？」

玉流星走上去瞧了瞧，道：「倒有點像峨嵋的陰陽指。」

林中有人哈哈一笑，道：「姑娘好眼力。」

說話間，潘秋貴自林中緩步而出。

胡歡笑笑道：「想不到潘老闆竟是峨嵋派的的高手，失敬，失敬。」

潘秋貴搖頭道：「胡老弟誤會了，潘某出身少林，這是眾所周知的事，跟峨嵋派可扯不上一點關係。」

胡歡想了想，道：「莫非是金玉堂幹的。」

潘秋貴道：「對，此人深藏不露，兩位再碰到他，可得格外當心。」

胡歡苦笑道：「看來這條路是越來越難走了。」

潘秋貴道：「胡老弟放心，只要你相信我，任何人想動你都不容易。」

胡歡道：「如果我信不過老闆，當初就不會走進聚英客棧。」

潘秋貴道：「胡老弟這麼說，事情就好辦。現在城裡太亂，我想請兩位到城外躲兩天，不知兩位意下如何？」

胡歡道：「城外就安全了嗎？」

潘秋貴道：「只要兩位肯依潘某的安排行事，潘某就敢擔保兩位的安全。」

胡歡忽然朝林裡望了一眼。

潘秋貴立刻道：「老弟放心，裡邊是自己人。」

胡歡笑了笑，道：「潘老闆不妨把你的安排說出來，大家也好有個商量。」

潘秋貴道：「離城十里，有個叫十里屯的小村莊，我想兩位一定去過。」

胡歡道：「嗯。」

潘秋貴道：「村尾有戶人家，本是一對年輕夫婦住的，那對夫婦已被留在城裡。」

胡歡道：「潘老闆是想叫我們冒充那對夫婦住進去？」

潘秋貴道：「不錯，那對夫婦經常拉柴進城的牛車，現在就停在林子那邊的大道上，兩位只要稍微裝扮一下，就可以大大方方的趕車回去。」

胡歡想了想，道：「好，一切就依潘老闆吩咐。」

四

牛車緩慢地行駛在林邊的大道上。

車上載著些日用雜貨，刀劍暗藏在雜貨下面。

胡歡坐在車轅上，玉流星斜靠在他身後，兩人土裡土氣的打扮，極像一對鄉下夫妻。

時光尚早，路上行人不多，偶爾有幾輛車馳過，也都是趕進城送貨的，絕少跟他們同一個方向。

胡歡頭垂得很低，好像在打盹，但碰到錯車的時候，他也自然會懶洋洋地揮動鞭子，將車往邊上趕。

玉流星不禁好笑道：「我瞧你趕車的功夫還不錯嘛！」

胡歡道：「那當然，有時候連馬五都很佩服我。」

玉流星道：「你跟『蛇鞭』馬五認識多久？」

胡歡道：「整整十五年。」

玉流星道：「當初是他救了你，還是你救了他？」

胡歡道：「都不是，是他媽媽看上了我。」

玉流星嚇了一跳，道：「啊？他媽媽不是很老嗎？」

胡歡用鞭子敲著她的頭，道：「妳這小腦袋瓜裡裝的怎麼盡是髒東西！她不老，能收我做乾兒子嗎？」

玉流星抱著頭笑了半晌，道：「『神手』葉曉嵐呢？」

胡歡道：「在他第一次逃家的時候，我就認識了他，算起來也有八九年了。」

玉流星訝然道：「他為什麼要逃家？」

胡歡道：「因為他看上一個比他大十幾歲的女人。」

玉流星問道：「他想認她做乾媽？」

胡歡道：「不，他想討她做老婆。」

玉流星格格一陣嬌笑，道：「後來呢？」

胡歡道：「後來那女人嫁了，他傷心得坐在路邊哭。我看他可憐，才把他送回去。」

玉流星道：「你認識他家？」

胡歡道：「我當然不認識，不過在江湖上提起江陵葉家，幾乎每個人都曉得，所以很容易就找到了。」

玉流星詫異道：「你說他是江陵天羽堂的子弟？」

胡歡道：「不錯。」

玉流星道：「天羽堂是以棍法馳名武林，他為什麼去學變戲法？」

胡歡道：「因為那個女人是走鋼索的，為了接近她，才不得不投師學藝。」

玉流星道：「你說他第一次逃家你就認識他，難道他經常逃家？」

胡歡道：「不錯，總之，他看上一個女人就逃一次家，到現在究竟逃了多少次，只怕他自己都已算不清。」

玉流星道：「這次他又看上了誰？」

胡歡道：「只有這次例外，這次是他家要替他討老婆，把他逼出來的。」

玉流星道：「你的朋友倒是什麼怪人都有。」

胡歡道：「妳錯了，不是怪，是性格，我認為他們每個人都很可愛。」

玉流星笑了笑，道：「還有潘秋貴呢？」

胡歡道：「咦？妳一再調查我的朋友幹什麼？」
玉流星道：「我經常冒充你老婆，不把你身邊的關係搞清楚怎麼成？」
胡歡道：「妳好像還冒充得蠻過癮？」
玉流星道：「到目前為此，滋味好像還不錯。」
胡歡嘆了口氣，道：「我卻已倒盡了胃口。」
玉流星怔怔道：「為什麼？我哪一點不好？」
胡歡道：「妳既不替我鋪床，也不替我按摩，妳這種老婆，我要來做什麼用？」
玉流星道：「好吧！我替你按摩，你就快點告訴我吧！」說著，果真在背後替他推拿起來。
胡歡一臉過癮相道：「妳要我告訴妳什麼？」
玉流星道：「潘秋貴的事呀！」
胡歡道：「潘秋貴根本就不是我的朋友。」
玉流星意外道：「既然不是你的朋友，你為什麼如此相信他？」
胡歡道：「那是因為他是日月會崇陽分舵的負責人。」

玉流星道：「我看他的辦法好像多得很。」

胡歡道：「人手多，好辦事。」

玉流星道：「比神刀侯的手下還多？」

胡歡道：「多得太多了！若以人數而論，日月會應該是目前江湖上最大的幫派。」

玉流星道：「可是看上去，他好像對金玉堂還是十分顧忌。」

胡歡道：「這就叫強龍難壓地頭蛇，在崇陽，朝廷的勢力都沒有他大，何況一個江湖上的幫派！」

玉流星道：「你是否早就知道潘秋貴是日月會的人？」

胡歡道：「不錯。」

玉流星道：「按說他的身分應該很隱秘才對，你是怎麼知道的？」

胡歡道：「朋友告訴我的。」

玉流星道：「哪個朋友？」

胡歡閉口不言，只顧趕車。

玉流星道：「就算你不說，我也猜得出來。」

胡歡道：「哦？妳猜猜看？」

玉流星道：「是不是楚天風？」

胡歡訝然道：「咦？妳還真有兩套，居然被妳猜中了。」

玉流星得意的笑笑道：「楚天風是誰？」

胡歡道：「當然是浪子胡歡的朋友。」

玉流星使勁兒在他背上捶了一下，道：「廢話，誰不知道他是你的朋友！」

胡歡道：「那麼妳想知道什麼？」

玉流星道：「我想知道他的人品、家世、武功以及目前的身分等等。」

胡歡道：「妳要知道這麼多幹嘛？是不是想叫我替妳做媒？」

玉流星狠狠地在他腰上擰了一把。

胡歡齜牙咧嘴，作痛苦狀。

玉流星道：「他的人品比秦十三怎麼樣？」

胡歡道：「差不多。」

玉流星道：「家世呢？」

胡歡道：「差不多。」

玉流星道：「武功呢？」
胡歡道：「差不多。」
玉流星沒好氣道：「身分呢？」
胡歡道：「也差不多。」
玉流星氣得兩腳在車板上一陣亂跺，道：「你究竟肯不肯說？」
胡歡嘆道：「我想說，可是直到現在，我的腰還痛得要命，妳叫我怎麼有心思說？」
玉流星急忙在剛剛扭過的地方又搓又揉，連哈帶哄，灌足了迷湯。
胡歡這才滿意道：「其實楚天風和秦十三完全是兩種人，走的也是完全相反的方向。」
玉流星道：「哦。」
胡歡道：「他是世家子弟、名將之後，人品好，學問好，武功更好，如非生在這個時代，他一定是一員名將。」
玉流星道：「那麼現在呢？他在日月會裡幹什麼？職位是不是很高？」
胡歡搖頭道：「他到日月會也並不太久，目的僅是藏身避禍，縱然給他較高的職務，只怕他也未必肯幹。」

玉流星不禁奇怪道：「他和你完全是兩種人，怎麼會跟你交上朋友？」

胡歡笑笑道：「妳的意思是不是說我不配跟他做朋友？」

玉流星突然一拍大腿，道：「哦，我幾乎忘了，你也是武林名門弟子，南宮胡家的後人。」

胡歡撥開她的手，一本正經道：「所以今後妳最好離我遠一點，更不可亂碰我。」

玉流星一怔道：「為什麼？」

胡歡道：「如果我是南宮胡家的後人，就等於是汪大小姐的老公，妳整天跟我泡在一起，遲早有一天會被她殺掉。」

玉流星黯然道：「她要殺就讓她殺吧！」

胡歡道：「咦？妳好像一點都不怕？」

玉流星道：「有什麼好怕的！反正我這條命是你救的，你老婆殺了我，我們剛好恩怨兩清。」

胡歡又拿鞭子敲著她的頭，道：「你是不是餘毒未淨，腦筋被毒壞了？妳怎麼每天都想死？」

玉流星嘆了口氣，道：「我和你們不一樣，你們都有顯赫的家世，而我呢？什麼都沒有，甚至連自己姓什麼都不知道，你說我這種人活著還有什麼意思？」

胡歡道：「妳不是姓玉嗎？」

玉流星道：「有姓玉的嗎？」

胡歡道：「好像有。」

玉流星道：「縱然有姓玉的，一個女人家，也不可能取一個像我這樣怪的名字。」

胡歡道：「誰說的！我有一個朋友，姓名就跟妳一樣怪。」

玉流星道：「哦？是誰？」

胡歡臂肘在她身上一頂，哈哈大笑道：「就是妳玉流星啊！」

玉流星立刻彎下身子，半晌沒直起腰來。

胡歡回頭瞧著她，道：「玉流星，妳怎麼啦？」

玉流星急忙坐正，道：「沒什麼。」

胡歡道：「其實妳根本就不要想這麼多。朋友相交，主要的還是靠緣分，跟家世一點關係都沒有。」

玉流星道：「是嗎？」

胡歡點頭道：「就像我們兩個，經過這次的事情之後，不是很自然就變成了好朋友嗎？」

玉流星道：「你是說，今後你也會把我當做朋友？」

胡歡道：「不錯，這就叫患難之交。」

玉流星道：「就和秦十三、馬五、葉曉嵐、楚天風他們一樣？」

胡歡道：「是啊！」

玉流星突然雙腳亂蹬，大聲叫道：「我不要！我不要！我不要……」

就在玉流星鬧得不可開交時，忽然有個人迎面奔來，轉瞬間已擦過車旁，飛快地朝兩人掃了一眼，直往進城的方向跑去，速度十分驚人。

玉流星也不鬧了，緊盯著那人背影，疑惑道：「這是什麼人？好快的腳程！」

胡歡道：「他就是金玉堂的腿，江湖上都稱他『快腿』陳平。」

玉流星道：「看他行色匆匆，八成又沒有好事。」

胡歡苦笑道：「管他呢？反正事情已這麼多，再多個一兩樣也沒有什麼差別。」

五

林劍秋的屍體依然伏臥在原來的地方。

四周已站滿捕快，每個人都面色沉重的望著正蹲在地上查看屍體的「鬼眼」程英。

過了很久，程英才慢慢站起來。

秦十三背負著雙手，緩緩道：「依你看，這件案子是哪個幹的？」

程英道：「根據報案人的說詞以及現場的線索，鐵定是玉流星幹的。」

秦十三道：「不會錯吧？」

程英道：「絕對錯不了。」

秦十三道：「好，照實報上去。」

程英道：「是。」

一旁的李二奎卻忽然嘆了口氣，道：「這次我們的麻煩可大了。」

秦十三道：「什麼麻煩？」

李二奎道：「聽說玉流星那兩條腿快得很，想抓她歸案，恐怕不太容易。」
秦十三眼睛翻了翻，道：「誰告訴你要追？」
李二奎一楞道：「不追成嗎？」
秦十三道：「為什麼不成？現在的情況不比往常，今天一早發現的屍體，幾乎比全城的捕快還多，如果我們一個個追起來，城裡的治安由哪個維持？」
李二奎指指地上的屍體，道：「可是躺在這裡的不是那些人，是神衛營的林大人啊！」
秦十三若無其事道：「不管什麼人都是一樣，能夠報的我們就往上邊報，不能報的就往下邊埋。只要人不是我們殺的，神衛營的人再狠，也不可能叫我們償命，你說是不是？」
李二奎聽得連連點頭，好像又被他學會了一招。
就在這時，王得寶匆匆跑過來，道：「啟稟秦頭，那邊還有兩個。」
秦十三不耐道：「兩個什麼？」
王得寶道：「死的。」
秦十三連眉頭都沒皺一下，手臂往前一揮，人已率先朝林邊走去。

秦十三一路追查，終於追到林外的大路旁。

眾人緊隨在後，李二奎跟得更緊，總想找機會再學幾招。

秦十三抓起一撮泥土嗅了嗅，嘴角忽然露出一抹冷笑。

李二奎也抓起一把土拚命地嗅，卻接連打了幾個噴嚏，惹得眾人一陣大笑。

哄笑聲中，只見一個人影飛快的跑了過來。

秦十三大喊道：「陳平！」

人影一晃，陳平已站在他面前。

秦十三大拇指一挑，道：「好快的腿！」

陳平笑嘻嘻道：「不快的話，人家會叫我『快腿』陳平嗎？」

秦十三笑笑突然低聲道：「你來的時候，有沒有碰到往城外方向走的人？」

陳平想了想，道：「只碰到一輛牛車，上面坐著一對年輕夫婦，好像正在吵架。」

秦十三滿意地點點頭，道：「你又在忙什麼？是否又有大消息？」

陳平道：「不大，也不算小。」

秦十三道：「能不能說？」

陳平搖頭。

秦十三道：「我也有個消息，保證比你的大得多，要不要交換？」
陳平想都沒想，便道：「要。」
秦十三道：「你先說。」
陳平道：「秦頭兒，你可不能騙我！」
秦十三傲然一笑，道：「我要騙也去騙金玉堂，騙你算什麼本事？」
陳平立刻道：「又有個點子要進城了。這次我已經學精，一看就知道她也是『無纓槍』汪大小姐的徒弟，不過比昨天那個可要高明得多。」
秦十三道：「回去告訴你們金總管，就說汪大小姐的老公已經出城了，叫他趕快追吧！」
陳平「咕」地嚥了口唾沫，招呼也不打一聲，撒腿就跑，轉眼已不見人影。
李二奎咳了咳，道：「秦頭兒，你看是陳平的腿快，還是玉流星的腿快？」
秦十三不假思索道：「誰快我是不知道，不過我敢打包票，玉流星那兩條腿一定比陳平那兩條要可愛得多，你們相不相信？」
眾人聽得齊聲大笑。

第七回 惜玉憐香

一

玉流星橫臥在鋪上，雙腿垂在床邊。

屋子很寬敞，光線也很充足，兩扇寬大窗戶高高撐起，寬闊院落一覽無遺。

胡歡將牛車上最後的一批東西也搬了進來，在一條長板凳上一仰，斜瞟著玉流星，道：「玉流星，妳會不會燒飯？」

玉流星有氣無力道：「會。」

胡歡道：「會不會洗衣服？」

玉流星道：「會。」

胡歡道：「會不會縫縫補補的？」

玉流星道：「會。」

胡歡道：「會不會生孩子？」說完，立刻跳了起來，躲到桌子後面，好像料定一定會有報復行動。

誰知玉流星卻動也沒動，說話更加無力道：「我……我不知道。」

胡歡愕然，慢慢走近床邊：「妳怎麼啦？是不是不舒服？」

玉流星搖頭。

胡歡道：「現在可千萬不能生病，一病就糟了。」

玉流星突然頭一扭，失聲哭了起來。

胡歡一怔，匆忙摸了摸她的頭，觸手滾燙，不禁暗暗吃了一驚。

玉流星邊哭邊道：「我也不願意生病，可是……可是……」

胡歡故作輕鬆道：「妳放心，我看也沒有什麼大病，三兩天就好的小毛病，也誤不了什麼事。」說著，將手指搭在玉流星的脈搏上。

玉流星梨花帶雨地望著胡歡，道：「你會治病？」

胡歡也不理她，只專心把脈，過了很久，才道：「不要緊，只是受了點風寒，不過……」

玉流星忙道：「不過什麼？」

胡歡道：「玉流星，妳老實告訴我，妳的傷勢是否又嚴重了？」

玉流星不語。

胡歡將玉流星身子整個挪上床，隨手把她的腰帶鬆開來。

玉流星急忙推開他的手，緊張道：「你……你要幹什麼？」
胡歡道：「讓我看看妳的傷口。」
玉流星道：「不……不是那兒。」
胡歡驚愕道：「妳莫非又另外受了傷？」
玉流星點點頭，眼淚又滾下來。
胡歡急道：「傷在哪兒，給我看一下。」
玉流星一面護住胸口，一面不停地哭泣。
胡歡恍然道：「哦，一定是高飛傷了妳，在胸口，是不是？」
玉流星邊哭邊點頭。
胡歡開始解她肋旁的衣扣。玉流星窘紅了臉，死抓著衣襟不放。
胡歡焦急道：「玉流星，我是替妳治病啊！妳不許我看傷口，我如何下藥呢？」
玉流星猶疑地瞟著他，道：「你……真的會治病？」
胡歡道：「如果我不懂得一點醫道，妳還能活到現在嗎？」
玉流星想了想，終於鬆開手，轉頭對著牆壁，用手臂將臉孔遮住。

衣襟敞開，露出了雪白的肌膚，起伏的酥胸被一件大紅的肚兜罩住，肚兜上面繡著一幅鴛鴦戲水圖。

胡歡小心地掀起了肚兜，但見乳峰挺聳，兩點嫩紅嬌艷欲滴，不由得「咕」地嚥了口唾沫。

玉流星輕聲道：「傷得怎麼樣？」

胡歡這才發現乳下有塊烏黑的傷痕，輕輕在傷痕四周按了按，道：「幸虧妳當時閃避得快，否則肋骨少說也要斷個一兩根。」

玉流星道：「嚴重嗎？」

胡歡道：「輕得很。」

玉流星急忙掩上衣襟，紅著臉望著胡歡，道：「好不好治？」

胡歡道：「內服外敷，一劑見效。」

玉流星道：「好像真的一樣！」

胡歡道：「玉流星，對我有點信心好不好？」

玉流星嘆道：「好吧，我這條命就交給你了，你要想把那三成收回去，就乾脆醫死我算了，我絕不怪你。」

胡歡笑笑道：「可惜我還捨不得呢。」

玉流星眼睛一眨一眨地瞅著他，道：「捨不得金子，還是捨不得人？」

胡歡道：「捨不得患難之交的好朋友。」

玉流星頭一扭，臉孔又拉下來，似乎對「朋友」這兩個字極端不滿。

胡歡笑著替她蓋好被子，把短刀放在她的被裡，然後抓起了自己的劍。

玉流星急忙道：「你要上哪兒去？」

胡歡道：「去替妳抓藥。」

玉流星緊盯著他道：「你不會溜掉吧？」

胡歡哈哈一笑，道：「笨蛋！我要開溜，還莫如乾脆把妳醫死，以絕後患。」

玉流星也笑了一笑，又忽然嘆了口氣，道：「我現在已失去自衛能力，說不定在你回來之前，我已被人幹掉了。」

胡歡忙道：「這一點妳倒不必擔心。我敢擔保，絕對不會。」

玉流星道：「何以見得？」

胡歡道：「因為很快就會有人來保護妳。」

玉流星訝然道：「哦？誰會來保護我？」

胡歡道：「衙門裡的公差。」

玉流星大吃一驚，道：「衙門裡的人怎會知道我們躲在這裡？」

胡歡道：「是我告訴他們的，我一路上都留下了記號。」

玉流星道：「你既然已將行跡公開，又何必躲起來？住在城裡豈非更安全？」

胡歡道：「妳不要搞錯，那些記號只有秦十三才看得懂，秦十三是我的朋友，我要躲的當然不是他。」

玉流星道：「那麼你要躲的究竟是誰？」

胡歡道：「當然是『神機妙算』金玉堂。」

他得意地笑了笑，繼續道：「我要讓他急一急，將來談起生意的時候，他才不敢在我們面前太囂張。」

二

金玉堂獨自坐在侯府餐廳的椅子上，面對著滿桌酒菜，筷子幾乎動都沒動過，彷彿完全失去了往日的胃口。

侯府七名管事全都垂手肅立廳外，個個面色沉重，偶爾有人交談，也儘量把聲音壓低，唯恐驚動了正在火頭上的金總管。

一名廚師端著一盤熱氣騰騰的鴨子走過來，立刻被內務孫管事擋住。他隨後接過托盤，朝其他幾個人望了一眼，轉身走進餐廳，小小心心地將盤子放在金玉堂面前。

金玉堂瞧瞧那盤鴨子，又瞧瞧孫管事，皺眉道：「這個時候，怎麼還在上菜？」

孫管事陪笑道：「這是總管最喜歡吃的樟茶鴨，本來一早就已做好，誰知一不小心被野狗叼走了，所以屬下又吩咐他們趕做了一隻，但不知火候如何，請總管嚐嚐看。」

金玉堂聽得連連搖頭道：「孫管事，你好糊塗！侯府的廚房裡怎麼會有野狗？這種鬼話，你居然也相信？」

孫管事尷尬地笑笑道：「總管責備的是。」

金玉堂道：「你馬上去查清楚，看看廚房裡究竟出了什麼事？」

孫管事躬身退下，臨出門時，金玉堂又道：「順便把田力叫進來。」

沒等孫管事傳話，身著勁裝的田力田管事已閃身而入，只見他腰桿筆挺，充滿了英悍之氣，與舉止斯文的孫管事完全是兩種類型。

金玉堂對待兩人的神態全然不同，他冷冷地瞪著田力，道：「怎麼樣？」

田力道：「啟稟總管，到目前為止，還沒有發現那輛車。」

金玉堂冷笑道：「三十六匹快馬趕不上一輛牛車，你說好不好笑？」

田力臉孔難看得活像挨了兩記耳光，顯然一點也不覺得好笑。

金玉堂道：「城西大道的岔路極少，應該很容易就能趕上，而你們已追了兩個時辰，竟然連一絲痕跡都沒摸到，你那群手下究竟是幹什麼吃的！」

田力忙道：「屬下不僅各岔路均已派人追蹤，連沿途三個村莊也都命人挨戶查過，可是……就是找不到那輛牛車的下落。」

金玉堂道：「難道那輛牛車會平空消失掉不成？」

田力目光畏懼地望著金玉堂，囁嚅著道：「屬下有句話，不知該不該說？」

金玉堂道：「說！」

田力道：「該不會是秦頭兒在耍什麼花樣吧？」

金玉堂道：「『快腿』陳平曾親眼見過那輛車，難道他也在跟我耍花樣？」

田力愧然垂首，無言以對。

金玉堂道：「你再多派幾批人出去，無論如何，非把那輛車給我找到不可。」他冷笑一聲，接道：「如果天黑之前你們還沒有找到，哼哼，我看你這個管事也甭幹了！」

田力嚇得冷汗直流，諾諾連聲，應命而去。

遠處傳來田力發號施令的聲音。

金玉堂搖頭苦笑，朝廳外喚道：「楊管事在嗎？」

恭諾聲中，身型矮胖的楊管事不慌不忙地走進來。

此人在江湖上也是知名人士，人稱「滴水不漏」楊欣，是金玉堂最得意的得力幫手。

金玉堂凝視著楊欣，道：「依你看，那輛車會不會被秦十三藏起來？」

楊欣沉吟著道：「恐怕不太可能，因為那段時間一直有我們的人跟在他身邊。」

金玉堂道：「那麼現在呢？他在幹什麼？」

楊欣笑笑道：「聽說正在大發雷霆。」

金玉堂訝然道：「為什麼？」

楊欣道：「因為昨天晚上被他關在七號房的葉曉嵐一早就不見了。」

金玉堂冷笑道：「怪只怪他太小看江陵葉家的子弟了，區區一個縣牢，怎麼可能擋得住他？」

楊欣道：「他是否精於開鎖，屬下倒沒聽人說過，據說他的奇門搬運法已深具火候，莫說小小的幾把鎖，就是再大的東西，只怕也難不倒他。」

金玉堂微微怔了一下，突然道：「如果是輛牛車，他能不能搬走？」

楊欣沒有回答，神色卻是一變。

就在這時，孫管事忽然急急衝進來，氣呼呼道：「啟稟總管，可能有外人藏在府裡。」

金玉堂沉著道：「不要急，有話慢慢說。」

孫管事道：「那隻鴨子在出鍋之前就已被人拿走，府裡的人絕不敢做出這種事來。」

金玉堂緩緩地點點頭，回首朝身後的閣樓望去。

身旁的楊欣不待吩咐，腰身陡然一擰，人已騰身躍起，誰知尚未躍上閣樓，便被一陣掌風逼了回來。

楊欣腳一著地，便已大聲喝道：「小兄弟，我看你還是乖乖下來吧！你跑不掉的。」

只聽「轟」地一聲巨響，閣樓屋頂已被撞了一個大洞，幾乎在同一時間，金玉堂也疾如星火般縱上閣樓，雙腳還沒站穩，便見一塊黑點迎面打來，他隨手一抄，觸手一片油膩，赫然是一隻啃了一半的鴨頭。

他狠狠地把鴨頭往地上一摔，人也跟著竄了出去。

孫管事怔怔地望著樓上，道：「什麼人如此大膽，竟敢來侯府鬧事？」

楊欣道：「秦十三的侄子秦官寶。」

孫管事大驚道：「不好！有很多事絕對不能讓他傳到秦十三的耳朵裡。」

楊欣道：「所以非得把他抓回來不可。」

話沒說完，矮胖的身形也衝出廳門。

秦官寶一路飛奔，連頭都不敢回，因為他知道金玉堂那批人離他一定不會太遠，一旦被他們追上，再想脫身只怕比登天還難。

他穿過幾條小巷，終於奔上西郊大路。

路上行人熙熙攘攘，一匹烏黑的健馬迎面徐馳而來，馬上一個年約雙十的勁裝少女，美得幾乎使秦官寶當街栽倒，直到那少女人馬擦身而過，他還忍不住頻頻回頭，馬上的少女卻連瞧也沒瞧他一眼。

突然間，衝出很遠的秦官寶又折回來，追在那少女後邊喊道：「姑娘請留步！」

那少女勒韁駐馬，回首瞪視著他。

秦官寶偷偷朝她背上細長的皮匣瞄了瞄，道：「姑娘可是汪大小姐門下？」

那少女鼻子哼了一聲，算是給他的回答。

秦官寶忙道：「在下秦官寶，是浪子胡歡的朋友。」

那少女神色一動，急忙調轉馬首。

就在這時，金玉堂已趕到，直向秦官寶撲去。

那少女陡然自馬上翻起，足蹬金玉堂，手取無纓槍，嬌軀剛一著地，槍身已然接起，昂然護在秦官寶前面，長槍挺立，銳氣逼人。

金玉堂也在兩丈開外站定，驚愕地望著那少女。

秦官寶躲在那少女身後，輕輕道：「他就是侯府總管金玉堂。」

那少女道：「哦，原來是鼎鼎大名的金總管！」

金玉堂道：「不敢。」

那少女道：「久聞『神機妙算』腦筋動得快，想不到身手也不含糊。」

金玉堂道：「好說，好說。」

那少女道：「聽說你昨夜曾經替我師妹解圍，我在這裡先謝謝你。」

金玉堂道：「那只是適逢其會，不足掛齒。」

那少女道：「但不知金總管能不能也放我一馬？」

金玉堂忙道：「姑娘誤會了，在下的目標不是妳，是他！」

他含笑朝秦官寶一指，神態極其瀟脫。

那少女也含笑道：「我請金總管放我一馬的意思，是包括我、我的馬，還有他！」說著，也瀟脫地朝身後的秦官寶一指，神態與金玉堂如出一轍。

金玉堂臉色驟變。

這時，侯府的人已陸續趕到，將兩人團團圍住。那少女彷彿根本就沒將那批人看在眼裡，依舊昂然挺立，靜待金玉堂的答覆。

過了許久，金玉堂才緩緩道：「姑娘知道這個人是誰嗎？」

那少女道：「他是誰並不重要，重要的是他是浪子胡歡的朋友。」

金玉堂笑笑道：「浪子胡歡是個什麼人物，姑娘想必知道得很清楚，試想，他怎麼可能跟一個保定秦家的後生晚輩論交？」

那少女道：「這可難說得很。據說浪子胡歡交友甚雜，九城名捕秦十三就是他的朋友，秦十三不也正是保定秦家的人？」

秦官寶立刻叫道：「對，對！那是我十三叔，也是浪子胡歡最好的朋友。」

那少女道：「他既是秦十三的侄兒，你想，他的事我能不管嗎？」

金玉堂臉色一沉，道：「姑娘好像存心在跟金某過不去？」

那少女道：「那倒不敢，不過在雙方鬧翻之前，我倒有幾句話想奉告金總管。」

金玉堂道：「姑娘請說。」

那少女道：「家師這次南來的目的，第一，當然是要與我胡師伯見上一面；第二，就是想登門給侯老爺子請安，順便也想拜會金總管與貴府的各位前輩們，希望今後我們姐妹在江湖上也多個照顧。如果在家師趕到之前，我和金總管為了些許小事已先鬧翻，你叫家師還有什麼顏面去見侯老爺子？還有什麼顏面與各位攀交？」

金玉堂雖然足智多謀，一時也被她搞得暈頭轉向，不知如何作答。

那少女笑了笑，又道：「更何況金總管曾經跟敝師妹言及，有意要和家師合作，萬一彼此傷了和氣，雙方的合作計畫，豈不也要胎死腹中？」

金玉堂聽得不禁連連搖頭，對眼前這個少女不得不另眼相看。

那少女忽然環目四顧，神態傲然道：「如果金總管非要抓破臉不可，為了師門榮譽，我也只有捨命相陪，不過我自信在我躺下之前，貴手下起碼也得死傷十之八九，一旦鬧出人命，大錯鑄成，縱然家師肯登門負荊請罪，也已於事無補。但願金總管能體會到事情的嚴重性，凡事還請三思而行。」

她侃侃而談，非但把所有的責任都推給金玉堂，甚至連勝負以及後果也作了強烈的暗示。

金玉堂這才發覺這少女遠比他想像中要厲害得多，於是又重新仔細地打量了她一番，道：「不知姑娘在令師門下，排行是第幾位？」

那少女道：「金總管又何必多此一問？難道你還看不出來嗎？」

金玉堂神情不由一震，道：「妳……莫非就是名動江湖的沈貞姑娘？」

此言一出，四周立刻響起一片騷動。

秦官寶更是目瞪口呆，險些連口水都淌下來。

沈貞淡淡一笑，道：「只希望金總管莫要教我失望才好。」

金玉堂呵呵一陣苦笑，道：「不敢，不敢。姑娘高見，金某佩服之至。」

沈貞道：「沈貞言盡於此，是敵是友，就看金總管了。」

金玉堂沉默片刻，終於嘆了口氣，道：「好，這個面子就賣給姑娘了。兩位請吧！」說完，手掌一揮，眾人立刻讓開一條去路。

沈貞翻身上馬，匆匆道了聲：「承情之至。」隨手將秦官寶抓上馬背，縱馬疾馳而去。

三

一路上連連催馬，足足奔出四五里路，速度才逐漸慢了下來。

行至一條山溪旁，沈貞陡然勒馬，輕盈地躍下雕鞍，身法靈敏，姿態優美，顯然輕功、騎術都已極具火候。

而坐在後面的秦官寶，卻在毫無防備的情況下，整個栽了出去，結結實實的摔在地上，半晌動彈不得。

沈貞訝然回望他，突然「噗嗤」一笑，道：「保定秦家的人果然不同凡響，連下馬的姿態都與眾不同，實在令人佩服。」

在她的想像中，秦官寶必定會氣得跳起來，誰知事情完全出乎她意料之外。

秦官寶非但沒跳起來，甚至連動都沒動，只兩眼呆呆地盯著一根斜插在路邊的樹枝，臉上還充滿了驚喜之色，好像突然發現了一根金條一般。

沈貞見他那副模樣，不免有些好奇，慢慢走過去道：「你在看什麼？」

秦官寶道：「我正在欣賞一件寶物。」

沈貞一把將那根樹枝拔起，只看了一眼，便往地上一丟，道：「這算什麼寶物？我看你的腦筋八成有點毛病。」

秦官寶道：「如果我們其中有一個人腦筋有毛病，那個人一定是妳……」

不等他說完，沈貞已撲過去，將他手臂一扭，輕輕鬆鬆就把他制服住，而且用的竟是秦家擅長的擒拿術。

秦官寶半張臉貼在地上，眼睛一翻一翻地瞟著沈貞，連掙都不掙動一下。

沈貞怒叱道：「方才你說什麼？再說一遍給我聽聽！」

秦官寶眼睛翻動了一會兒，忽然道：「我說正有十二匹馬朝這邊趕來，妳相不相信？」

沈貞急忙鬆手，驚惶四顧道：「在哪裡？」

秦官寶慢慢爬起來，一面活動著肩膀，一面竟然「吃吃」笑道：「離這兒還遠得很，妳窮緊張什麼？」

沈貞也伏首聽了聽，冷笑道：「你倒蠻會嚇唬人，我還說有十三匹呢，你相不相信？」

秦官寶立刻點頭道：「我相信。」回首指著沈貞的馬，笑得開心道：「加上妳這匹笨馬，不多不少，的確是十三匹。」
沈貞作勢欲撲，道：「你敢說這匹馬笨！」
秦官寶躲出很遠，道：「我為什麼不敢？妳瞧那副笨相，跑得滿身大汗，溪水就在旁邊，連自己找水喝都不會，妳難道還以為牠聰明嗎？」
沈貞冷哼一聲，突然走到黑馬旁邊，也不知在牠耳邊說些什麼。那匹黑馬竟連連點頭，低嘶一聲，飛也似地向溪水奔去。
只看得秦官寶張口結舌，整個楞住了。
沈貞得意洋洋道：「你再說一遍看，我這匹馬究竟笨不笨？」
秦官寶抓著頭，窘笑著道：「我對馬匹一向不太內行，不過我敢跟妳打賭，妳這匹馬，鐵定比那十二匹要聰明得多。」說著，朝沈貞背後一指。
沈貞轉身翹首，極目望去，果見遠處煙塵瀰漫，滾滾而來，不禁大驚失色，連忙把槍接了起來。
秦官寶卻神色泰然道：「妳不必害怕，那些人不是衝著我們來的。」
沈貞半信半疑道：「你又怎麼知道不是衝著我們來的？」
秦官寶裝成一個大人模樣，搖頭晃腦道：「誰都知道金玉堂是聰明人，他明知不是妳的對手，妳想，他會趕來自討沒趣嗎？」
沈貞冷笑道：「你太低估侯府的實力，神刀侯座下高手如雲，如果真想留住我，隨便派一兩個出來就夠了，何需金玉堂親自出馬？」
秦官寶突然往前湊了湊，神秘兮兮道：「沈姑娘，妳白擔心了，告訴妳一個小秘密，那些能夠留住妳的高手，昨天夜裡已全部被金玉堂派出去了。」
沈貞愕然道：「派出去幹什麼？」
秦官寶道：「當然是去殺人。」
沈貞道：「殺誰？」
秦官寶道：「名字太多，我可記不清楚，不過，好像都是神衛營的人。」
沈貞暗驚道：「你不會搞錯吧？」
秦官寶道：「我親眼看到金玉堂把人一批批的派出去，難道還錯得了嗎？」
沈貞沉吟片刻，忽道：「就算真有其事，那也是侯府最高機密，如何會讓你看到？」
秦官寶又往前湊了湊，道：「再告訴妳一個小秘密，我昨夜剛好偷偷地在侯府借住了一宿，所以這件事才會被我碰上。」

沈貞道：「不會是你十三叔叫你摸進侯府去刺探軍情的吧？」

秦官寶連連搖頭道：「事情跟妳所說的正好相反，老實告訴妳，這次我是被我十三叔追得無處可躲，才躲進侯府的一輛採購馬車，被他們糊裡糊塗地拉進去的。」

沈貞斜睨著他，道：「你十三叔為什麼要追你？是不是你做了什麼見不得人的事？」

秦官寶嘆了口氣，道：「只怪我一時耳軟，上了胡叔叔的當，糊裡糊塗地幫他去賭錢，又糊裡糊塗地被我十三叔撞上，真是倒楣透了！」

沈貞俏臉忽然一沉，道：「我看你不但糊塗透頂，而且滿嘴胡說八道！試想胡師伯是何等人，怎麼可能讓你一個小孩子幫他去賭錢？又怎麼可能讓你一個後生小輩吃虧上當？」

秦官寶倒也識相，雖被她罵得窩窩囊囊，卻也沒有開口分辯。

沈貞停了停，又道：「有關侯府的事，你可曾跟人說過？」

秦官寶道：「說過。」

沈貞緊張道：「跟誰？」

秦官寶道：「妳。」

沈貞道：「除了我之外呢？」

秦官寶搖頭。

沈貞鬆了口氣，道：「記住，這件事關係重大，千萬不可告訴任何人，包括秦十三在內。」

秦官寶叫道：「妳在開什麼玩笑？秦十三是我叔叔，如此重大的事，我能不告訴他嗎？嗯？」

沈貞寒著臉道：「你最好是聽我吩咐，否則我自有辦法封住你的嘴。」

秦官寶一呆，道：「妳不會殺我滅口吧？」

沈貞冷冷道：「那倒不會，我只想在你頸子上開個小洞，叫你絕對不會把這件事洩漏出去。」

四

蹄聲雷動中，十二匹健馬風馳電掣般衝了過去，人剽悍，馬神駿，行動快捷而劃一，看上去極其壯觀。

秦官寶一見馬匹的數目不差，早已得意地挺起胸膛，開心得合不攏嘴巴。

沈貞笑視著他，目光中也不禁流露出讚佩之意，緩緩道：「你的聽覺果不凡，不多不少，剛好是一十二匹。」

秦官寶傲然道：「我的腦筋好像也並不差，那批人馬顯然也不是衝著我們來的。」

沈貞點首道：「保定秦家能夠享譽江湖兩百餘年，果非倖致，確有人所難及的長處。」

秦官寶吃了半天癟，終於揚眉吐氣，過癮得幾乎跳起來，早將方才所受的窩囊氣忘得一乾二淨，笑嘻嘻道：「沈姑娘，要不要我再告訴妳個小秘密？」

沈貞失笑道：「你的秘密還真不少，說吧！」

秦官寶又往前湊了湊，道：「妳想知道那批人是去幹什麼的嗎？」不等沈貞追問，便接著道：「告訴妳吧，他們是去追趕胡叔叔的。」

沈貞變色道：「胡師伯不是住在城裡嗎？怎麼又跑出來了？」

秦官寶聳聳肩咧咧嘴，道：「他要開溜，誰又能攔得住他？」

沈貞也不多問，回首一聲呼哨，坐騎很快的便已奔回身旁。

她一面抓韁，一面朝秦官寶招手，道：「趕快上馬！」

秦官寶道：「上馬幹什麼？」

沈貞道：「去找胡師伯呀！」

秦官寶道：「如果妳想跟那批人去找胡叔叔，我勸妳還是趁早作罷。」

沈貞道：「為什麼？」

秦官寶道：「胡叔叔是開溜派的祖師爺，只要他前腳一走，莫說那批人馬，就算侯府上下傾巢而出，也休想找得到他，除非……」

說到這裡，突然衝著沈貞露齒一笑。

沈貞忙道：「除非怎樣？」

秦官寶挺胸昂首道：「除非保定秦家的人出馬，或許還有幾分希望。」

沈貞鬆了口氣道：「我險些忘了你們秦家最擅長的便是追蹤之術，你既是秦家子弟，這種事想必難不倒你。」

秦官寶眼珠轉了轉，道：「本來要找到胡叔叔倒也不難，只可惜事情被妳搞砸了。」

沈貞莫名其妙道：「咦！這件事情跟我有什麼關係？」

秦官寶道：「誰說跟妳沒關係？方才那件寶物，就是胡叔叔特意留下的線索，誰叫妳把它毀掉？」

沈貞一怔，道：「你說的可是那根樹枝？」

秦官寶道：「正是。」

沈貞急忙蹲下身去，在地上摸索良久方才找到，然後又小心翼翼地插回原來的地方。

秦官寶瞧她那副滿地亂爬的模樣，只樂得眼睛瞇成一條細縫，嘴巴咧得像只元寶一般。

沈貞抬頭望著他，道：「你趕緊過來看看，原來是不是這樣？」

秦官寶只看了一眼，便已笑得東倒西歪道：「照妳現在的插法，胡叔叔就藏在妳後邊的大樹上，妳快點爬上去找找，看他有沒有躲在上面！」

沈貞猛的跳起來，怒視著秦官寶，嬌喝道：「你人不大，膽子可倒不小！居然敢戲弄起我來了。」

秦官寶笑臉不改道：「沈姑娘言重了，妳是汪大小姐的高足，大名鼎鼎，武功高強，我只不過是保定秦家的一個小輩，如何敢來戲弄妳？」

沈貞厲聲道：「你雖是秦家的小輩，眼力也必定高人一等，那種暗記只要被你瞄上一眼，便該看出胡師伯的去向，而你卻在斤斤計較那根樹枝的事。你倒說說看，你究竟是何居心？是不是有意跟我為難？」

秦官寶依然笑笑道：「不敢，不敢！不瞞妳說，我這人眼力雖然不差，膽子卻小得可憐，即使當時瞧出點名堂，被妳大呼小叫的一嚇，也早就忘光了。」

沈貞冷冷道：「秦官寶，我警告你，我的耐心有限得很！我勸你趕快把胡師伯的去處說出來，否則可莫怪我對你不客氣。」

秦官寶臉上的笑容不見了，眼睛也瞪起來，大聲道：「妳這算什麼？是威脅，還是命令？妳以為秦家的人好欺負嗎？像妳這種吹鬍子瞪眼、嚴刑逼供的手段，我比妳在行得多了。老實告訴妳，我對妳這種求人的態度極不欣賞，就算我知道，我也不會告訴妳！」

沈貞冷笑一聲，道：「真的嗎？」

秦官寶道：「什麼真的假的！男子漢大丈夫，說不告訴妳，就不告訴妳……」

話沒說完，但見寒光一閃，冷冰冰的槍尖已經頂在他的頸子上。

秦官寶沒想到她說幹就幹，頓時臉色大變，整個人都嚇傻了。

沈貞語調更加陰冷道：「看樣子，非在你頸子上開個洞，你才知道我的厲害。」

秦官寶嘎聲道：「妳在我頸子上開個洞，我以後還怎麼吃飯？」

沈貞道：「你可以從洞口灌下去，遠比在嘴裡嚼完了再嚥下去省事得多。」

秦官寶忙道：「不好，不好。」

沈貞道：「有什麼不好？」

秦官寶眼珠一陣亂轉道：「萬一胡叔叔叫我陪他喝酒，他一杯一杯的乾，我卻得捧著漏斗往裡灌，那種怪相，我想他看了一定不開心。」

沈貞遲疑了一下，突然把槍尖轉到他的耳朵上，道：「也好，我就割你一隻耳朵充數吧！」

秦官寶忙道：「等一等，等一等。」

沈貞道：「你還有什麼話說？」

秦官寶道：「我這隻耳朵對我用處雖不大，對胡叔叔的用處可不小，我可以幫他找人、探路、查敵情、尋失物，必要時，還可以幫他賭一賭，萬一少了一隻，他看了一定會大發雷霆，那時候妳叫我怎麼跟他解說？」

沈貞冷笑道：「你的花樣倒不少，你以為拿胡師伯當擋箭牌，我就沒有辦法對付你嗎？那你就錯了，因為有件事只怕你還不曉得。」

秦官寶道：「哦？哪件事？」

沈貞道：「就是我的花樣也絕不比你少。」說著槍身掉轉，「啵」的一聲，槍桿已靈蛇吐信點在秦官寶的笑腰穴上。

秦官寶陡然倒退兩步，跌坐在地上，捧著肚子開始「吱吱咯咯」的笑了起來，只笑得前仰後合，上氣不接下氣，最後連鼻涕眼淚都笑出來，好像痛苦得不得了。

直待秦官寶已笑不成聲，沈貞才解開他的穴道，冷冷道：「怎麼樣？味道還不錯吧？」

她滿以為秦官寶必定會向她服輸求饒，誰知秦官寶肚子一抹，竟然大呼道：「過癮，過癮，簡直過癮極了！來，再來一下！」一面叫著，一面指自己的穴道部位，好像生怕沈貞點錯了地方。

沈貞倒被他的舉動嚇住了，呆呆地站在那裡，半晌作聲不得。

秦官寶見她那副神態，反倒「吃吃」地笑起來，道：「沈姑娘，要不要我再告訴妳一個小秘密？」

沈貞吃驚道：「你……你還有秘密？」

秦官寶道：「嗯，我的秘密多得不得了，只看妳要不要聽。」

沈貞道：「好，你說！」

秦官寶道：「妳在汪大小姐門下是數一數二的人物，而我在秦家卻是最不起眼的人，自小幾乎是低著頭長大的，從來沒有盡情歡笑過。今天這一笑，簡直笑得我身心舒暢、百骨俱酥，彷彿把堆積胸中多年的怨氣全都吐了出來，只覺得全身輕快無比，要多舒服有多舒服。」

沈貞側視著他，一副死都不肯相信的樣子。

秦官寶笑嘻嘻道：「我知道妳對我這次的反應很不滿意，沒關係，妳再點我一下，我發誓一定裝得痛苦不堪，讓妳心裡也舒服一番。」

沈貞聽得哭也不是，笑也不是，卻再也狠不起來，最後終於慢慢地蹲了下去，和顏悅色道：「小兄弟，我能不能跟你打個商量？」

秦官寶想了想，道：「什麼事？妳先說說看。」

沈貞輕聲軟語道：「你能不能告訴我，怎麼樣才肯帶我去見胡師伯？」

秦官寶歪著頭、斜著眼，想了半晌，才道：「如果妳對我客氣一點、禮貌一點、尊敬一點的話，我倒可以考慮考慮。」

五

戶外冬陽普照，屋中暗如黃昏。

幾扇緊閉的門窗擋住了光線，卻留住了濃烈的草藥氣味。

玉流星斜倚在床頭，嘴角上依然殘留著吃過東西的痕跡。

所以胡歡走上來，第一件事就是先將她嘴角上的東西擦掉，然後才把一碗湯藥小心地捧到她面前。

玉流星皺著眉尖接過藥碗，尚未沾唇，臉上的表情已苦味十足。

胡歡笑笑道：「荷葉軒的包子怎麼樣？味道還不錯吧？」

玉流星道：「包子的味道當然不錯，可是這碗藥……」

胡歡道：「我告訴妳個好方法，妳一面吃藥，一面想著方才的包子，就不會覺得藥苦了。」

玉流星苦笑道：「照你這麼說，如果我一面吃藥，一面想著采芝齋的酥糖，藥豈不就變成甜的了嗎？」

胡歡猛一點頭，道：「對，妳這人舉一反三，果然聰明得很。」
玉流星嘆了口氣，一口氣把藥喝了下去。
胡歡接過藥碗，立刻取出一個紙包塞在她手裡。
玉流星詫異道：「這是什麼？」
胡歡笑而不答，轉身進入廚房。
玉流星急忙打開紙包一瞧，立刻開心得笑出聲來，原來裡邊包的正是采芝齋的酥糖。
過了不久，胡歡又端著一盆湯藥走出來，滿滿的一盆，盆裡還冒著熱氣。
玉流星花容失色道：「呃？還要喝這麼多？」
胡歡道：「誰說是喝的？」
玉流星道：「不是喝的，難道……」話沒說完，臉孔又已通紅。
胡歡笑著道：「我說妳這個人聰明，真是一點不假。」
玉流星雙手護胸，緊張地瞪著胡歡。
胡歡瞧她那副模樣，不禁失笑道：「我又不是要強姦妳，妳這麼緊張幹什麼？」

玉流星囁嚅著道：「是不是非敷不可？」
胡歡道：「妳想好得快，就得雙管齊下，如果妳不願意，那就算了。」
玉流星遲疑了一會兒，終於慢慢把身子躺平，又用手臂將臉孔遮起來。
胡歡將一塊面巾浸在盆裡，緩緩道：「看到了這盆藥，我突然想起了一個故事。」
玉流星也不搭腔，好像根本就沒聽到他在說什麼。
胡歡道：「回想起來，這個故事還真有意思。」
玉流星仍然默默不作聲。
胡歡嘆了口氣，道：「我本來想把我跟楚天風過去一段有趣的事告訴妳，既然妳不想聽，那就改天再說吧！」
玉流星忽然道：「你說，我在聽。」
胡歡不徐不急圩解開她的衣襟，繼續道：「有一年雪封山，我跟楚天風夫婦都被困在一個和尚廟裡。」
玉流星訝然道：「楚天風還有老婆？」
胡歡道：「倘若他沒有老婆，以他的個性，只怕早就死於非命，哪裡還能活到今天？」

玉流星道：「後來呢？你們怎麼辦？」

胡歡道：「我們只好在廟裡住下來，一住就是半個多月。」

玉流星道：「可是楚天風的老婆是女人，怎麼能住在和尚廟裡！」

胡歡道：「那有什麼稀奇？不僅住進去，而且還在廟裡生了個孩子。」

玉流星忽將手臂移開，連酥胸完全袒露都未曾發覺，只滿臉驚愕地望著胡歡，直到一塊熱氣騰騰的藥巾敷在傷口上，她才猛然警覺，急忙又把臉孔遮住。

胡歡道：「妳猜是誰替她接生的，如果我不告訴妳，只怕妳永遠也猜不出來。」

玉流星道：「哦？是誰？」

胡歡道：「廟裡的住持廣慈和尚。」

玉流星忍不住把臉露出來，道：「老和尚也會接生？」

胡歡道：「他雖然不會接生，卻深諳醫道，總比一般人要懂得多。」

玉流星「嗤」地一笑，道：「方才倒嚇了我一跳，我還以為是你接的生呢！」

胡歡也笑笑道：「接生的雖不是我，但端水洗孩子的卻是我，所以我看到了這盆藥，才陡然想起這段往事。」

玉流星咬著嘴唇想了想，忽然道：「胡歡，你不是在討我便宜吧？」

胡歡失笑道：「妳這人疑心病真重，生孩子的既不是我老婆，我也沒替妳洗澡，妳怎麼能說我討妳便宜呢？」

玉流星也覺得好笑，臉孔紅了紅，道：「你還沒告訴我，生的是男孩還是女孩？」

胡歡道：「廟裡住著一個女的，已使全寺的和尚頭大如斗，怎麼可以再生女的？當然是男的。」

玉流星聽得突然「吃吃」地笑了起來，豐滿的乳峰也不免跟著不停地顫動。

胡歡瞧得臉都變了形，急忙又擰了一條藥巾替她換上，連乳房也一起蓋上。

玉流星的笑聲總算停了下來，道：「後來呢？」

胡歡道：「後來他們夫婦高高興興的帶著兒子走了，我卻獨自留在廟裡。」

玉流星一怔，道：「你留在廟裡幹什麼？」

胡歡道：「學醫術啊！」

玉流星道：「哦，原來你的醫道是跟廣慈老和尚學的。」

胡歡忽然一嘆，道：「只可惜他第二年就圓寂了，如果我能隨他多學幾年，或許已可懸壺濟世，不必再浪蕩江湖了。」

玉流星忙道：「其實我看你現在的醫道也蠻不錯嘛。」

胡歡道：「差遠了，不過妳放心，像妳這種小傷，大概還沒問題。」說著，又是一塊熱騰騰的藥巾換上去。

玉流星皺眉道：「哎唷，這一塊好燙！」

胡歡急忙低下頭去，想替她吹一吹，豈知匆忙間鼻子正好碰在她乳尖上，臉孔頓時又變了樣。

玉流星這次卻一點不迴避，依然挺著雙峰，睜著兩眼，癡癡地望著他。

胡歡趕緊坐正，乾笑兩聲，道：「妳們女人的皮膚真嫩，又怕冷，又怕熱，又怕摸，又怕碰，嫩得像豆腐一樣，真受不了。」

玉流星氣得頭一扭，再也不看他一眼。

胡歡也不敢再多嘴，只專心替她敷傷，每次的熱度都先小心試過。

過了很久，玉流星轉回頭，道：「喂！」

胡歡一驚，道：「什麼事？」

玉流星道：「我問你，像秦十三、葉曉嵐和楚天風這種朋友，你究竟有多少？」

胡歡道：「多得很，一時也數不過來。」

玉流星停了停，道：「如果再加上我，那不就更數不過來了？」

胡歡道：「可不是嘛！」

玉流星道：「將來你跟別人談起我的時候，你會說些什麼？」

胡歡想了想，道：「我會說我有一個女朋友，美得像塊玉，快得像流星，所以大家都叫她玉流星。」

玉流星滿意地笑了笑，道：「還有呢？」

胡歡道：「她不但臉蛋兒美，身段兒也美，皮膚更是光滑得像緞子一樣，還有……」

說到這裡，目光自然而然的又停在玉流星堅挺的乳峰上。

玉流星情急道：「胡歡，我可警告你，這種事你可千萬不准告訴任何人，否則我絕不饒你！」

胡歡笑道：「好，我不說，我不說。」

玉流星道：「除了這些，我還有沒有其他值得你談的事？」

胡歡道：「有，我可以跟人家說，我這個女朋友有個怪習慣……」

玉流星截口道：「什麼怪習慣？」

胡歡道：「她不太喜歡睡床鋪，每天晚上都睡在屋樑上，所以我一直很擔心。」

玉流星「噗嗤」一笑，道：「擔心她摔下來，是不是？」

胡歡搖頭道：「不，我是擔心將來她老公一旦心血來潮，夜裡想抱抱她，還非得先練好輕功不可。」說罷，忍不住哈哈大笑起來。

玉流星臉兒又是一紅，恨不得咬他一口。

胡歡把早已備妥的膏藥替她貼在傷處，然後雙手一拍，道：「好，大功告成！妳可以好好睡一覺，晚飯的時候我再叫妳。」

玉流星邊整理著衣襟，邊道：「但願到時候你還能叫得醒我。」

胡歡苦笑道：「妳好像對我的醫術一點信心都沒有？」

玉流星道：「你錯了，我對你任何事都愈來愈有信心，我只是擔心此地是不是安全。」

胡歡皺起眉頭，沉吟道：「奇怪，秦十三這傢伙，為什麼還沒來？」

玉流星道：「是啊！你不是說他會跟來保護我們嗎？」

胡歡忽然一笑，道：「也許他早就來了，只是不好意思打擾我們，現在正在外面替我們把風呢！」

玉流星嫵媚地白了他一眼，嗔道：「你胡扯什麼！我們又沒做壞事，要人把什麼風？」

話剛說完，胡歡突然以指封唇，作了個噤聲狀。

玉流星毫不遲疑的將身子往下一縮，雪白細膩的足踝已將放在床腳下的劍挑向胡歡，同時也把藏在被裡的短刀拔出。

胡歡更快，劍方入手，人已竄出後窗，動作比狐狸還要敏捷。

請續看《鐵劍流星》下　雲煙

于東樓武俠經典珍藏版

鐵劍流星（上）浪子

作者：于東樓
發行人：陳曉林
出版所：風雲時代出版股份有限公司
地址：10576台北市民生東路五段178號7樓之3
電話：(02) 2756-0949
傳真：(02) 2765-3799
執行主編：朱墨菲
美術設計：許惠芳
業務總監：張瑋鳳
出版日期：2024年10月珍藏版一刷
版權授權：于東樓
ISBN：978-626-7510-02-5
風雲書網：http://www.eastbooks.com.tw
官方部落格：http://eastbooks.pixnet.net/blog
Facebook：http://www.facebook.com/h7560949
E-mail：h7560949@ms15.hinet.net
劃撥帳號：12043291
戶名：風雲時代出版股份有限公司

風雲發行所：33373桃園市龜山區公西村2鄰復興街304巷96號
電話：(03) 318-1378　　傳真：(03) 318-1378
法律顧問：永然法律事務所 李永然律師
　　　　　北辰著作權事務所 蕭雄淋律師

行政院新聞局局版台業字第3595號 營利事業統一編號22759935

定價：340元　

國家圖書館出版品預行編目資料

鐵劍流星／于東樓 著. -- 初版 -- 臺北市：風雲時代出版股份有限公司，2024.10- 冊；公分（于東樓武俠經典珍藏版）
ISBN：978-626-7510-02-5（上冊：平裝）
ISBN：978-626-7510-03-2（下冊：平裝）

863.57　　113009916